Autor _ Robert Louis Stevenson

Título _ O estranho caso do Dr. Jekyll e Mr. Hyde

Copyright _ Hedra 2011
Tradução© _ Braulio Tavares
Título original _ *The strange case of Dr. Jekyll and Mr. Hyde*
Edição consultada _ *Strange Case of Dr. Jekyll and Mr. Hyde and other tales*, org., intr. e notas Roger Luckhurst. Oxford Press, 2006 (Oxford World's Classics).

Dados _

Dados Internacionais de Catalogação na Publicação (CIP)

S84 Stevenson, Robert Louis (1850–1894).

O estranho caso do Dr. Jekyll e Mr. Hyde. / Robert Louis Stevenson. Organização e tradução de Braulio Tavares. — São Paulo: Hedra, 2011. 176 p.

ISBN 978-85-7715-262-9

1. Literatura inglesa. 2. Romance. I. Título. II. Introdução. III. Apêndice. IV. Tavares, Braulio, Organizador.

CDU 820
CDD 823

EDITORA HEDRA LTDA.
Endereço _
R. Fradique Coutinho, 1139 (subsolo)
05416-011 São Paulo SP Brasil
Telefone/Fax _ +55 11 3097 8304
E-mail _ editora@hedra.com.br
Site _ www.hedra.com.br
Foi feito o depósito legal.

Autor _ Robert Louis Stevenson
Título _ O estranho caso do Dr. Jekyll e Mr. Hyde
Organização e tradução _ Braulio Tavares
São Paulo _ 2011

Robert Louis Stevenson (Edimburgo, 1850—Samoa, 1894) descende de uma família de engenheiros que construiu alguns dos faróis da costa escocesa. Em 1857, seus pais transferem-se para Edimburgo. Aos dezessete anos, Stevenson ingressa no curso de engenharia, mas, abandonando-o, passou a fazer direito e se formou em 1875. Seus dois primeiros livros, *An Inland Voyage* (1878) e *Travels with a Donkey in the Cevennes* (1879), são descrições de suas viagens. Em 1878, viaja à Califórnia ao encontro de Fanny Van de Grift Osbourne, que conhecera dois anos antes, e com quem se casaria. Publicou *New Arabian Nights* em 1882, reunindo seis narrativas escritas entre 1877 e 1880. Por estas narrativas, é considerado um dos primeiros cultores ingleses do conto. Seu volume de 1887, *The Merry Men and Other Tales and Fables*, traz o conto "Markheim", que antecipa o tema do duplo que estaria na base de *O estranho caso do Dr. Jekyll e Mr. Hyde. A Ilha do tesouro* (*The Treasure Island*, 1883), seu maior sucesso, é a primeira de uma série de narrativas de aventura, que inclui *The Black Arrow*, do mesmo ano, e *Kidnapped* (1886). Em 1888, vai morar em Samoa, onde permanece os últimos seis anos de sua vida.

O estranho caso do Dr. Jekyll e Mr. Hyde narra a história de um respeitado médico, cujas relações com um homem sórdido, de aparência grotesca, faz com que seus amigos desconfiem de que ele é vítima de chantagem. Empenhados em ajudar o Dr. Jekyll a libertar-se desse suposto explorador, começam a investigar os vínculos entre os dois homens. Essa seria a dimensão mais superficial deste clássico do horror psicológico. Mas há algo que torna a história mais assustadora. É que Stevenson busca uma dimensão alegórica, e é tal dimensão que o faz localizar a maldade no seio mesmo da bondade, e o monstruoso surgir da mais plácida aparência humana. O livro teve ainda o mérito de abordar temas que se tornariam basilares para a psicanálise, que apenas nascia. Outro mérito desta narrativa é a construção perfeita do enredo, urdido por meio de relatos parciais até a revelação do segredo do Dr. Jekyll.

Braulio Tavares (1950) é escritor e compositor. Começou a compor e a escrever para o teatro em 1977, quando transferiu-se para Salvador. Mora no Rio de Janeiro desde 1982. Tem músicas gravadas por numerosos artistas, entre eles Lenine, Elba Ramalho, Tim Maia, MPB-4 e Ney Matogrosso. Publicou um romance, dois volumes de contos, alguns livros de poesia, além de estudos sobre ficção científica e sobre a poesia popular do Nordeste. Publica artigos diários no *Jornal da Paraíba*. Dentre os livros que publicou estão *A Pedra do Meio-Dia ou Artur e Isadora* (1998), *O homem artificial* (1999) e *Os martelos de Trupizupe* (2004). Organizou as antologias *Páginas de sombra: contos fantásticos brasileiros* (2003), *Contos fantásticos no labirinto de Borges* (2005) e *Freud e O Estranho — contos fantásticos do inconsciente* (2007). Pesquisador da história da literatura fantástica do Brasil, organizou a compilação bibliográfica *Fantasy, Fantastic and Science Fiction Literature Catalog* (1992). Traduziu *A máquina do tempo*, de H.G. Wells (2010), entre muitos outros. É membro desde 1990 da Science Fiction Research Association, sediada nos EUA. Seu livro *A invenção do mundo pelo Deus-Curumim* recebeu o prêmio Jabuti para literatura infantil em 2009.

SUMÁRIO

Introdução, por Braulio Tavares 9

O ESTRANHO CASO DO DR. JEKYLL E MR. HYDE 15

1 A história da porta.................................. 17

2 Em busca de Mr. Hyde................................ 25

3 O Dr. Jekyll estava bem à vontade....................... 35

4 O assassinato de Sir Danvers Carew..................... 39

5 O incidente da carta.................................. 45

6 O estranho incidente com o Dr. Lanyon................ 51

7 O incidente da janela................................. 57

8 A última noite....................................... 59

9 A narrativa do Dr. Lanyon............................. 75

10 A confissão completa do Dr. Jekyll...................... 85

APÊNDICE 107

Um capítulo sobre o sonho
R.L. Stevenson.................................... 109

Esse outro Eu, meu companheiro...
R.L. Stevenson.................................... 127

Quando ocorreu o pesadelo de Mr. Hyde...
Lloyd Osbourne.................................... 135

Recordações de Mr. Hyde
Fanny Van de Grift-Stevenson......................... 141

A personalidade multiplex
Frederic Myers.................................... 147

As desintegrações do ego
Henry Maudsley.................................... 163

INTRODUÇÃO

SOBRE MÉDICOS E MONSTROS

As três grandes narrativas de terror do século XIX surgiram de pesadelos de seus autores. Mary Shelley sonhou a história de *Frankenstein* (1818) após o famoso sarau às margens de um lago suíço, em que ela, seu marido e outros amigos se propuseram a escrever histórias de fantasmas. O filho de Bram Stoker afirmou que a ideia para *Drácula* (1897) veio ao seu pai num pesadelo após comer casquinhas de caranguejo. Quanto ao sonho de Stevenson que deu origem ao *Estranho caso do Dr. Jekyll e Mr. Hyde* (1886), a presente edição transcreve depoimentos deixando claro que: 1) Stevenson escreveu a história depois de ter sonhado os seus elementos principais; 2) quando sua esposa, Fanny Osbourne, criticou essa primeira versão, ele a queimou e redigiu uma segunda, que é o texto que todos conhecemos.

No sonho, Stevenson imaginou, para seu próprio horror, as três cenas que resultaram no *Estranho caso do Dr. Jekyll e Mr. Hyde*: o assassinato visto da janela, um homem que é perseguido, um homem bebendo uma poção e se transformando em outra pessoa. Quando sonhamos, somos o dramaturgo que urdiu a história, e somos também a plateia que é surpreendida por ela. A dualidade das mentes, o Eu que contém em si um Outro, já estava presente no momento mesmo da geração das imagens que deflagraram a narrativa. Em seu "Um capítulo sobre o sonho", Stevenson confessa ficar maravilhado diante dessa possibilidade de que sua mente inventasse uma história e ele próprio acompanhasse seu desenrolar sem ter a mínima ideia de como seria o seu fim.

Milhares de páginas já foram escritas sobre *Dr. Jekyll and Mr. Hyde*, que aparenta ser inesgotável. Um grande livro, curiosamente, é muitas vezes um livro imperfeito, contraditório, divergente de si mesmo, uma conta que deixa sempre um resto. Daí essa profusão de tentativas frustradas de síntese tentando conciliar os aspectos contraditórios desta noveleta. A pressa na composição fez inclusive Stevenson cometer pequenos erros de continuidade (nas datas, por exemplo). Os críticos fazem reparos a detalhes que vão desde a pouca relevância das personagens femininas até o excesso de referências bíblicas. O poder de fascinação da narrativa, contudo, permanece intacto, e a única coisa que pode diminuí-lo é, ironicamente, o status de clássico literário que conquistou, e a sua intensa exploração pela cultura de massas. Dificilmente alguém lerá a história de Jekyll e Hyde sem que já saiba do seu desfecho, ou, pelo menos, que o "médico" e o "monstro" são uma só pessoa.

Numa crítica na revista *Sur*, em 1941, Jorge Luis Borges ironizou as versões cinematográficas desta história: "Spencer Tracy prepara sem medo a versátil beberagem e transforma-se em Spencer Tracy com peruca diferente e traços negroides". A utilização de atores famosos nos papéis-título — Tracy no filme de Victor Fleming (1941), Fredric March no de Rouben Mamoulian (1931) — reforça essa previsibilidade do desfecho, da identidade entre as personagens anunciados no título. Borges sugere (para o cinema) uma alternativa engenhosa, a de escalar dois atores famosos (ele sugere Tracy e George Raft) para que um se transformasse no outro.

O impasse de *Jekyll e Hyde* é o impasse de todos os clássicos, histórias tão largamente discutidas que sua fama, e a natureza dos seus desfechos, costuma preceder sua leitura. Quantos leitores do *Grande Sertão: Veredas* penetram nesse livro sem saber o segredo de Diadorim? Quantos leitores de *O Assassinato de Roger Ackroyd* ignoram o desfecho-surpresa urdido por Agatha Christie? Histórias que contêm a revelação de um segredo crucial serão sempre histórias problemáticas, inclusive para o crítico, obrigado a revelar o segredo para poder comentá-lo – o que torna dos mais espinhosos o ofício de criticar adequadamente um romance de mistério detetivesco.

É como um romance policial que *Jekyll and Hyde* se inicia, sugerindo ao leitor a possibilidade de que um respeitável médico londrino esteja sendo vítima de chantagem por parte de um indivíduo repulsivo e sem escrúpulos. Não se sabe a origem do aparente poder de Hyde sobre Jekyll; num romance vitoriano, as explicações mais plausíveis seriam um caso homossexual entre os dois, ou a possibilidade de que Hyde fosse um filho bastardo que volta para atormentar o pai que o renegou. Histórias de vida dupla (uma fachada respeitável, uma atividade dissoluta e clandestina) são lugar-comum na literatura inglesa da época, sendo que as versões fantásticas mais notórias são este livro de Stevenson e *O retrato de Dorian Gray*, de Oscar Wilde (1890). Steven Marcus analisou essa duplicidade em *The Other Victorians* (1964), onde mostra a relação de interdependência inconsciente entre, por exemplo, as obras de Charles Dickens e *My Secret Life*, o clássico anônimo da pornografia vitoriana.

Dupla fachada, dupla porta de entrada, tudo isso foi usado por Stevenson em sua concepção da casa de Jekyll, uma casa longa que atravessa todo o quarteirão e deste modo abre portas para duas ruas diferentes. A entrada principal é o endereço oficial do Dr. Jekyll, e dá para uma praça movimentada; a porta traseira, cuja chave pertence a Hyde, dá para uma rua secundária, comercial, que à noite fica praticamente deserta. Os filmes de Rouben Mamoulian e de Victor Fleming exploram com habilidade essa transição entre o mundo de Jekyll e o mundo de Hyde. O espaço mental se transforma num espaço físico. No cinema, isto proporciona um trajeto de revelações percorrido pela câmera. No livro, é um quebra-cabeças montado aos poucos pelos relatos dos amigos de Jekyll.

Os depoimentos da esposa e do enteado de Stevenson sobre a concepção da história, incluídos nesta edição, mostram um dos aspectos mais fascinantes desta narrativa: o fato de que uma primeira versão foi destruída por Stevenson após críticas veementes da mulher, Fanny, para quem se tratava de uma história meramente sensacionalista, à qual faltava uma dimensão alegórica. Podemos pensar, portanto, que ao aceitar a crítica da esposa, cuja opinião tinha em alta conta, Stevenson teria diminuído, no segundo manuscrito, muitos aspectos crus e brutais do primeiro, e dado mais destaque às referências morais e religiosas. O manuscrito queimado seria mais próximo do pesadelo original, e de certa forma, como tantas vezes acontece na literatura, um prolongamento dele, uma reconstituição, com o autor já desperto, do estado mental peculiar que produziu aquelas imagens. O sonho serve, em casos assim, como ponto de partida para uma narrativa que mesmo conscientemente escrita tem o sonho como um diapasão, um parâmetro intuitivo pelo qual o autor percebe se ao escrever está se aproximando ou se afastando da visão original.

Num dos seus sonetos mais finamente burilados, "Dualismo" (em *Tarde*, 1919), Olavo Bilac escreveu:

> Capaz de horrores e de ações sublimes,
> não ficas das virtudes satisfeito
> nem te arrependes, infeliz, dos crimes;
> e, no perpétuo ideal que te devora,
> residem juntamente no teu peito
> um demônio que ruge e um deus que chora.

Poderia ser uma descrição do tormento mental do Dr. Jekyll. Descrições superficiais do livro de Stevenson sugerem que a dualidade expressa por ele se refere ao Bem (o Dr. Jekyll) e o Mal (Mr. Hyde). Como a leitura atenta mostrará, não é tão simples assim. Hyde pode ser o Mal em estado puro, mas Jekyll é um homem dividido. Stevenson afirmou mais de uma vez que não via Jekyll como um puro de coração, mas como um hipócrita que sabe muito bem o que quer e tenta a todo custo reservar para si o melhor de dois mundos. Comporta-se como o viciado que, incapaz de resistir à tentação da droga, diz para si mesmo, todos os dias: "É só esta vez, a última de todas, e nunca mais". No começo, Jekyll toma a poção para se transformar em Hyde; no final do livro é Hyde, como personalidade dominante, quem precisa tomá-la para transformar-se em Jekyll e escapar aos perseguidores.

A história de Stevenson é contada de diversos pontos de vista, e este é um dos seus trunfos como narrativa. É uma história que a cada capítulo, a cada depoimento, parece recomeçar do zero, ou recomeçar de um ponto afastado e convergir, como todas as anteriores, para o centro invisível, o segredo da vida do Dr. Jekyll. Embora o fio principal da história acompanhe Mr. Utterson, o advogado, ele vai recolhendo ao longo do tempo os testemunhos de pessoas (Mr. Enfield, o Dr. Lanyon, o mordomo Poole) que lhe relatam fatos envolvendo Mr. Hyde ou o Dr. Jekyll de maneira inexplicável. Os dois últimos capítulos são dois longos documentos escritos por Lanyon e Jekyll, em que toda a verdade é revelada. Essa aproximação gradual, de diferentes direções, realça a sensação de uma história que nenhum dos seus participantes entende por inteiro.

Não é demais lembrar que os dois outros clássicos do terror citados no início deste prefácio têm composição semelhante. *Frankenstein* são três histórias e níveis sucessivos: o começo e o fim do livro são a narrativa do capitão Walton, cujo navio recolhe no gelo da Sibéria um homem, o Dr. Victor Frankenstein, que lhe conta uma longa história; no meio dessa história, surge uma terceira, a do monstro propriamente dito, encapsulada dentro da narrativa do doutor. *Drácula* é uma montagem de cartas, depoimentos, notícias de jornais e outros relatos, cuja característica principal é que cada uma das pessoas que escreve vê apenas em parte a história em que está envolvida.

Em todos estes livros, existe um mistério central que é parcialmente desvelado por observadores cujas visões incompletas se superpõem e se iluminam. Em *Jekyll e Hyde*, lido hoje, com o conhecimento que temos sobre o modo como foi composto, essa impressão é aumentada pela sensação de que uma história terrível aos poucos vai se revelando aos nossos olhos, mas nunca se revelará por completo: é um pesadelo censurado, a versão liberada de um original mais tenebroso, que se perdeu.

O texto do romance usado para esta tradução foi o de *Strange Case of Dr. Jekyll and Mr. Hyde and Other Tales*, editado, com introdução e notas, por Roger Luckhurst (Oxford, 2006, Oxford World's Classics). Também desse volume foram traduzidos "Um capítulo sobre o sonho" de Stevenson, "As desintegrações do Ego" de Henry Maudsley e "A personalidade multiplex" de Edward Myers. Do livro *Essais sur l'art de la fiction*, de Stevenson, editado por Michel LeBris (Payot, Paris, 1992) foram traduzidos os textos "Esse outro Eu, meu companheiro" de Stevenson, "Quando ocorreu o pesadelo de Mr. Hyde..." de Lloyd Osbourne, e "Recordações de Mr. Hyde" de Fanny Van de Grift-Stevenson.

O ESTRANHO CASO DO DR. JEKYLL E MR. HYDE

1 A HISTÓRIA DA PORTA

MR. UTTERSON, o advogado, tinha uma fisionomia austera, nunca suavizada por um sorriso; falava de maneira fria, lacônica e pouco à vontade; era retraído em suas emoções; em suma, um homem magro, alto, seco, sombrio e ainda assim merecedor da afeição alheia. Nas ocasiões sociais, e quando o vinho era do seu agrado, uma luz essencialmente humana emanava do seu olhar; algo que nunca encontrava vazão em sua conversa, mas se expressava não apenas nos símbolos silenciosos de um rosto após um jantar satisfatório, mas, de maneira mais vigorosa e eloquente, nos atos concretos de sua existência. Era um homem severo consigo mesmo, que bebia gim quando estava a sós em casa, para mortificar sua preferência pelos vinhos de boa safra; e embora apreciasse o teatro, não cruzava as portas de uma sala de espetáculos há vinte anos. Era um homem tolerante com os demais; às vezes punha-se a cismar, quase com inveja, sobre as fortes pressões espirituais que impeliam um homem a praticar um mau passo; e, de um modo geral, tinha uma tendência maior para ajudar do que para reprovar seus semelhantes.

"Pratico a heresia de Caim", costumava dizer, à sua maneira antiquada; "deixo que meu irmão vá para o inferno do modo que ele achar melhor". Graças a essa atitude, cabia-lhe com frequência o destino de ser a última amizade respeitável ou a última boa influência na vida de homens em processo de decadência moral. E quando algum deles se aproximava de seu escritório, sua expressão e sua atitude não sofriam nenhuma alteração perceptível.

Não há dúvida de que isto não custava muito a Mr. Utterson, uma vez que ele aparentava ser um homem tão reservado quanto lhe era possível, e suas manifestações de amizade pareciam estar baseadas na tolerância natural de seu caráter. É típico dos indivíduos íntegros aceitar o círculo de amizades que as circunstâncias lhe oferecem; e assim procedia o advogado. Seus amigos mais próximos eram ligados a ele por laços consanguíneos ou por uma longa convivência; sua afeição, como a hera, brotava como um fruto natural do tempo, sem requerer dele nenhuma predisposição especial para tanto. Disso advinha, sem dúvida, a amizade que o unia ao seu parente distante, Mr. Richard Enfield, cavalheiro bem conhecido nos círculos sociais. Muitos não conseguiam perceber que tipo de identificação ou de assunto em comum esses dois homens tão diferentes pudessem ter. Os amigos que os encontravam às vezes durante suas caminhadas dominicais reportavam que os dois mantinham-se em silêncio, tinham uma aparência entediada e saudavam com evidente alívio o aparecimento de um conhecido. Apesar disto, os dois davam grande importância a essas excursões e as tinham como um momento privilegiado de sua semana, chegando a abrir mão, por elas, de atividades mais prazerosas ou mesmo de compromissos profissionais.

Num desses passeios ocorreu por acaso que cruzassem uma rua secundária num dos bairros mais agitados de Londres. A rua era pequena e poderia ser considerada tranquila, ainda que nos dias de semana o comércio por ali fosse intenso. Os comerciantes pareciam estar atravessando um bom momento, e competiam esperançosos entre si, reinvestindo seus lucros para dar a suas lojas uma aparência sedutora, de sorte que as fachadas que se alinhavam ao longo das calçadas tinham todas um ar convidativo, como fileiras de vendedoras sorridentes. Mesmo aos domingos, quando os seus encantos eram menos visíveis e a via pública ficava quase vazia, a rua ainda reluzia em contraste com os quarteirões mal cuidados da vizinhança, como uma fogueira flamejando em meio à floresta; suas venezianas recém-pintadas, seus reluzentes ornamentos de latão e sua aparência geral de limpeza atraíam de modo agradável os olhos dos transeuntes.

Duas casas depois de uma esquina, no lado esquerdo de quem seguia na direção leste, a série de fachadas era interrompida por um recuo que dava acesso a um pátio, ao fundo do qual uma construção sinistra erguia sua fachada na direção da rua. Tinha dois andares de altura, não tinha janelas, e exibia apenas uma porta no térreo, encimada por uma parede descolorida na parte superior; tudo nela dava indícios de uma prolongada falta de cuidados e de manutenção. A porta, que não dispunha de sineta ou de aldraba, estava descascada e cheia de nódoas. Vagabundos costumavam se recolher naquele espaço e riscar fósforos nas paredes; crianças vendiam miudezas nos degraus; colegiais tinham descascado a canivete os ornamentos; e durante o período de toda uma geração ninguém aparecera para afugentar esses visitantes casuais ou para consertar os danos.

Mr. Enfield e o advogado vinham caminhando pela calçada oposta quando, ao passar diante daquela entrada, o primeiro ergueu a bengala e apontou naquela direção.

— Já reparou naquela porta? — perguntou ele, e quando seu companheiro respondeu afirmativamente, prosseguiu: — Na minha memória ela está relacionada a um episódio bastante estranho.

— De fato? — perguntou Mr. Utterson, com uma leve mudança de voz. — E o que foi?

— Bem, aconteceu assim — disse Mr. Enfield. — Eu estava voltando para casa, depois de um compromisso num fim-de-mundo qualquer. Eram três horas de uma madrugada escura de inverno, e cruzei um trecho da cidade em que não conseguia literalmente ver nada além dos lampiões da rua. Ruas e mais ruas se sucediam, e o mundo inteiro parecia estar dormindo... Ruas e mais ruas, todas iluminadas como se esperassem uma procissão, e todas vazias como uma igreja, até que mergulhei naquele estado de espírito em que um homem apura o ouvido cada vez mais, ansioso para avistar um policial. E de repente avistei dois vultos. Um deles era um homem de estatura baixa, que caminhava pesadamente para oeste, com o passo apressado, e o outro uma menina de seus oito ou dez anos que corria o mais depressa que podia, descendo uma rua lateral. Pois muito bem, meu amigo: os dois convergiram na direção um do outro, naturalmente, e se esbarraram bem na esquina. Então ocorreu a parte chocante da história, porque o homem pisoteou calmamente o corpo da garota, que havia caído no chão, e afastou-se deixando-a ali na calçada, aos gritos. Dito assim não parece grande coisa, mas foi terrível de se ver. Ele não parecia um homem; lembrou-me um Juggernaut.[1] Dei uns gritos, corri na sua direção e o agarrei pela gola do casaco, arrastando-o de volta ao local onde um grupo de pessoas já havia se aglomerado em torno da menina, que continuava gritando. O homem manteve-se perfeitamente calmo e não ofereceu resistência, mas me lançou um olhar tão maligno que me fez ficar coberto de suor. As pessoas que estavam em volta eram parentes da garota, e logo em seguida apareceu ali um médico, que ela mesma havia sido encarregada antes de ir chamar com urgência. Bem, a criança não estava gravemente ferida, apesar de aterrorizada, de acordo com o doutor, e tudo indicava que o caso se encerraria ali mesmo. Mas havia um aspecto curioso. Eu tinha sentido uma vívida repugnância por aquele homem, assim que pus os olhos nele. O mesmo acontecera com os parentes da menina, o que é muito natural. Mas o que me chamou a atenção foi a reação do médico. Ele era um tipo comum de farmacêutico, sem nada de peculiar quanto à idade ou condição social, um sujeito com forte sotaque de Edimburgo e tão emotivo quanto uma gaita de foles. Pois bem, ele reagiu do mesmo modo que nós todos; sempre que encarava o meu prisioneiro eu o via ficar pálido, com desejos de matá-lo. Eu sabia o que ele estava pensando, e ele percebia o mesmo quanto

[1] Carruagem usada em desfiles religiosos hindus, que às vezes atropelava, sem se deter, a multidão de fiéis. [Todas as notas são do organizador.]

a mim; e como matar o homem estava fora de cogitação, fizemos o melhor que podíamos. Garantimos que iríamos criar um escândalo a respeito daquele fato até fazer com que o nome dele fosse objeto de repulsa em toda Londres, afastando de sua convivência qualquer amigo que porventura tivesse. E durante todo aquele tempo em que o ameaçávamos da forma mais veemente tínhamos que manter as mulheres afastadas dele, porque estavam mais selvagens do que harpias. Nunca vi um círculo de rostos mais tomados pelo ódio, e ali estava o homem bem no centro, ostentando um ar frio e desdenhoso; eu podia ver que ele estava com medo também, mas a verdade é que enfrentava a situação como se fosse o demônio em pessoa. "Se os senhores preferem capitalizar em cima deste acidente", disse ele, "nada posso fazer. A um cavalheiro tudo que pode interessar é evitar uma cena. Digam que soma pode servir de indenização." Bem, conseguimos arrancar-lhe cem libras para a família da garota. Era bastante evidente que ele preferiria safar-se ileso, mas havia uma tal ameaça em nossas fisionomias que por fim ele aceitou o trato. Restava-nos apenas receber o dinheiro; e onde acha que ele nos conduziu, senão àquela porta?! Puxou do bolso uma chave, entrou, e retornou em seguida com dez libras em ouro e um cheque do restante a ser sacado pelo portador no banco Coutt's, assinado por um nome que não posso revelar, embora seja este um dos detalhes mais importantes da minha história; em todo caso, um nome bastante conhecido, e que volta e meia é mencionado na imprensa. A soma era respeitável, mas a assinatura, se genuína, poderia garantir bem mais do que aquilo. Tomei a liberdade de dizer àquele indivíduo que o documento me parecia de autenticidade duvidosa, porque, afinal de contas, na vida real um homem não entra por uma porta dos fundos às quatro da madrugada e sai dali com um cheque de quase cem libras assinado por outro homem. Mas o sujeito permaneceu imperturbável, e irônico. "Pode ficar tranquilo," disse ele, "porque ficarei em sua companhia até que o banco abra, e eu mesmo descontarei o cheque". E assim nos pusemos a caminho, eu, o doutor, o estranho e o pai da menina, viemos para os meus aposentos e passamos ali o resto da noite; e no dia seguinte, depois que tomamos o café da manhã, fomos juntos até o banco. Eu próprio apresentei o cheque, avisando que tinha todos os motivos para julgar que se tratasse de uma falsificação. Mas nada disso. O cheque era genuíno.

— Ora, ora — disse Mr. Utterson.

— Vejo que está pensando o mesmo que eu — disse Mr. Enfield. — Sim, é uma história escabrosa. Porque o indivíduo em questão não seria boa companhia para ninguém, um tipo verdadeiramente abominável; e a pessoa que emitiu o cheque era alguém da nata de nossa sociedade, um homem famoso, e (o que torna a situação ainda pior) um cidadão cujas boas ações são notórias. Suponho que se tratasse de alguma forma de chantagem; um homem honesto sendo forçado a pagar, contra a vontade, por alguma ação irrefletida que praticou no passado. Passei a pensar naquela porta desde então como a Casa da Chantagem. Embora mesmo isso esteja longe de explicar tudo que se passou, como irá concordar — concluiu ele, e em seguida entregou-se a uma silenciosa reflexão.

Foi arrancado dos seus pensamentos pela pergunta súbita de Mr. Utterson:

— E o senhor não sabe se o signatário do cheque mora aí?

— Seria o mais provável, não é mesmo? — disse Mr. Enfield. — Mas já vi seu endereço; ele mora diante de uma praça.

— E o senhor nunca fez nenhuma investigação com relação à casa onde fica essa porta?

— Não, senhor. Minha discrição foi mais forte — respondeu ele. — Tenho princípios que vão de encontro a esse tipo de bisbilhotice; é algo que se aproxima excessivamente ao espírito do Juízo Final. Fazemos uma pergunta, e é o mesmo que revirar uma pedra; ficamos no topo da colina e a pedra começa a rolar, chocando-se com outras; e mais cedo ou mais tarde algum sujeito despreocupado, a última pessoa na terra em quem se poderia pensar, acaba sendo atingido na cabeça ao cruzar o seu jardim e a família precisa mudar de nome. Não, cavalheiro, eu me governo por esta regra: quanto mais uma coisa se parece com Queer Street,[2] menos perguntas eu faço a seu respeito.

— Uma boa regra, essa — disse o advogado.

— Mas investiguei o local por conta própria — continuou Mr. Enfield. — Não se assemelha em nada a uma residência. Não há outra entrada, e ninguém mais cruza aquela porta que vimos, a não ser, de tempos em tempos, o cavalheiro que foi personagem da minha pequena aventura. Há três janelas que dão para o pátio no andar superior, mas nenhuma no térreo; as janelas estão sempre fechadas mas têm as vidraças limpas. Há também uma chaminé que em geral está produzindo fumaça, portanto alguém deve viver ali. E ainda assim não há como ter certeza, porque os prédios naquele trecho estão tão amontoados uns sobre os outros que não há como dizer onde terminam ou começam.

A dupla continuou caminhando em silêncio, e então Mr. Utterson disse:

— Enfield, a regra que mencionou é uma regra notável.

— Sim, acho que é — disse Mr. Enfield.

— Ainda assim — continuou o advogado — há um detalhe que me interessa: o nome do homem que pisoteou a criança.

— Bem — disse Mr. Enfield —, não vejo nada de mau em dizê-lo. Era um homem chamado Hyde.

— Hmmm — disse Mr. Utterson. — Que aparência tem ele?

— Não é fácil descrevê-lo. Há algo de errado com sua aparência; alguma coisa incômoda, alguma coisa profundamente detestável. Nunca vi um homem que me desagradasse tanto, e no entanto não sei dizer o porquê. Ele deve sofrer algum tipo de deformação; a impressão que nos dá é de algo disforme, embora eu não consiga dizer especificamente em que aspecto.

[2] Expressão londrina para uma situação de inadimplência financeira ou de falência.

É um homem de aparência extraordinária, mas de fato eu não posso apontar nada que seja fora do comum. Não, cavalheiro, descrevê-lo está além de minha capacidade. E não é por esquecimento, porque afirmo que neste instante consigo vê-lo com toda clareza.

Mr. Utterson continuou a caminhar em silêncio, visivelmente mergulhado em profundas reflexões.

— Tem certeza de que ele usou uma chave? — perguntou.

— Meu caro senhor... — começou a dizer Enfield, tomado pela surpresa.

— Sim, eu sei — disse Utterson. — Sei que parece estranho. O fato é que, se não lhe pergunto o nome do outro cavalheiro envolvido nesse episódio, é porque já sei de quem se trata. Sabe, Richard, sua história veio ao encontro de algo que eu já sabia. Se tiver se equivocado em algum ponto, é melhor corrigir-se agora.

— Acho que deveria ter me prevenido — disse o outro, com ar soturno. — Mas eu fui pedantemente preciso, como você diria. O homem tinha, sim, uma chave; e o que é mais, ainda a possui. Não faz uma semana que o avistei usando-a novamente.

Mr. Utterson soltou um suspiro profundo mas não disse uma palavra; e o homem mais jovem prosseguiu.

— Eis uma boa lição para não revelarmos segredos — disse ele. — Estou envergonhado da minha tagarelice. Vamos fazer um trato de nunca mais tocarmos neste assunto.

— De todo o coração — concordou o advogado. — Aperte minha mão, Richard, e estamos combinados.

2 EM BUSCA DE MR. HYDE

NAQUELA mesma noite, Mr. Utterson retornou a sua casa de solteirão num estado de espírito taciturno, e sentou-se para jantar sem demonstrar contentamento. Era seu costume, aos domingos, ao terminar a refeição, sentar-se junto à lareira, com um volume de severos textos religiosos sobre a mesa de leitura, até que o relógio da igreja vizinha desse meia-noite, quando então ele se recolhia, sóbrio e satisfeito. Naquela noite, no entanto, assim que a mesa foi retirada ele empunhou uma vela e dirigiu-se ao escritório. Ali abriu o cofre, retirou de um dos seus escaninhos mais protegidos um envelope em cuja face exterior estava escrito "Testamento do Dr. Jekyll" e sentou-se de cenho franzido para examinar seu conteúdo. O documento era redigido de próprio punho, porque Mr. Utterson, mesmo tendo-o aceito sob sua guarda, recusara-se a participar de sua elaboração; e não apenas estatuía que, em caso do falecimento de Henry Jekyll, M.D., D.C.L., L.L.D., F.R.S. etc.,[1] todos os seus bens deveriam passar às mãos do seu "amigo e benfeitor Edward Hyde", mas também que "no caso do seu desaparecimento ou de sua ausência inexplicável por um período superior a três meses", o dito Edward Hyde deveria apossar-se de suas propriedades sem demora, livre de qualquer compromisso ou obrigação a não ser o pagamento de pequenas somas aos membros de sua criadagem. Este documento tinha sido por muitos anos uma pedra no sapato do advogado. Seu teor o ofendia tanto como advogado quanto como cidadão amante dos aspectos sadios e ordeiros da vida, alguém para quem qualquer extravagância era ofensiva.

[1]Doutor em Medicina, Doutor em Direito Civil, Doutor em Advocacia e Membro da Sociedade Real. No século XIX, os dois primeiros títulos eram obtidos na Universidade e os demais durante a carreira profissional.

Até aquele momento, sua indignação tinha sido alimentada pela sua absoluta ignorância sobre quem pudesse ser o tal Mr. Hyde; e agora, numa reviravolta súbita, isto lhe era revelado. Tudo aquilo já tinha um mau aspecto quando "Hyde" era apenas um nome do qual ele nada mais sabia. O que pensar agora, quando tal nome começava a ser revestido dos atributos mais detestáveis? Por entre a névoa insubstancial que até aquele momento tinha desfocado sua visão, começou a se delinear a súbita e nítida presença de um inimigo.

"Pensei que era uma loucura", disse ele consigo, voltando a guardar no cofre o detestável documento, "mas agora temo que seja uma desgraça".

Com isso, ele soprou a vela, vestiu um sobretudo e saiu na direção de Cavendish Square, aquela cidadela da medicina, onde seu amigo, o grande Dr. Lanyon, tinha sua casa e o consultório onde atendia seus numerosos pacientes. "Se alguém souber, tem que ser Lanyon", pensou ele.

O empertigado mordomo o conhecia, e deu-lhe as boas-vindas; sem demora Mr. Utterson foi conduzido diretamente à sala de jantar onde o Dr. Lanyon estava sentado a sós, diante do seu vinho. Era um cavalheiro jovial, saudável, elegante, de rosto avermelhado, com uma franja do cabelo prematuramente branca, e modos expansivos e resolutos. Ao avistar Mr. Utterson ele se pôs de pé e foi apertar ambas as suas mãos. Aquela jovialidade, que lhe era espontânea, parecia algo teatral a um observador externo; mas exprimia sentimentos genuínos. Aqueles dois eram velhos amigos, que tinham estudado juntos no colégio e na universidade, e que se tratavam com o máximo respeito, além de, o que nem sempre decorre da condição anterior, terem o maior prazer na companhia um do outro.

Depois de alguns minutos de conversa superficial, o advogado tocou no assunto que lhe desassossegava a mente.

— Suponho, Lanyon — disse ele —, que eu e você somos os amigos mais velhos de Henry Jekyll, não é assim?

— Gostaria que fôssemos amigos mais jovens — disse o Dr. Lanyon com uma risada —, mas é assim, de fato. Por quê? Tenho-o visto muito pouco ultimamente.

— É verdade? — disse Utterson. — Achei que vocês dois eram unidos por muitos interesses comuns.

— E realmente o fomos — foi a resposta. — Mas já se vão cerca de dez anos que Henry Jekyll tornou-se esquisito demais para mim. Começou a ter atitudes erradas, ideias erradas; e embora eu continue a me interessar por ele, em honra dos bons e velhos tempos, como se diz, tenho-o visto muito pouco. As suas baboseiras científicas — prosseguiu o doutor, com o rosto avermelhando-se ainda mais — são algo capaz de separar Damon e Pítias.[2]

Esta leve explosão de temperamento acabou por trazer um pouco de alívio a Mr. Utterson. "Eles apenas divergiram em algum aspecto científico", pensou ele; e sendo um homem em quem a ciência não despertava paixões (exceto quanto à exatidão do linguajar jurídico) ele concluiu: "Não é nada mais sério do que isso". Deu ao amigo alguns segundos para recuperar a calma, e então fez a pergunta que era a razão de sua visita.

— Chegou a conhecer um protegido dele, um tal de Hyde?

— Hyde? — repetiu Lanyon. — Não. Nunca ouvi falar nele. Desde o meu tempo.

Isto foi toda a informação que o advogado trouxe de volta consigo até o grande leito, mergulhado na escuridão, em que se virou e revirou de um lado para o outro até que a manhã começou a raiar. Foi uma noite de pouco repouso para sua mente inquieta, tateando nas trevas e acossada por indagações.

O sino tocou seis horas na igreja, tão convenientemente próxima da casa de Mr. Utterson, e ele ainda não tinha chegado a uma conclusão. De início o problema tinha lhe inquietado apenas o lado intelectual; mas agora sua imaginação também se deixara arrebatar, ou melhor, escravizar; e enquanto ele se revolvia

[2] Damon e Pítias são os exemplos de amigos leais na mitologia grega.

no leito na escuridão da noite e do quarto de cortinas cerradas, a história de Mr. Enfield se repetia em sua mente como um desfile de imagens luminosas. Ele percebia o brilho dos lampiões de uma grande cidade; depois a figura de um homem caminhando apressado; em seguida uma criança correndo para chamar um médico; e então os dois convergiam um sobre o outro, e aquele Juggernaut humano atropelava e pisoteava a criança, sem ligar para os seus gritos. Ou então imaginava estar vendo o interior de uma casa luxuosa, onde seu amigo jazia adormecido, sonhando, e sorrindo durante o sonho; e então a porta do quarto era aberta, as cortinas se abriam, o homem adormecido era despertado, e ali surgia a criatura que detinha sobre ele algum poder; e ele era forçado a erguer-se e fazer o que lhe era ordenado. O vulto que surgia nestas duas fases assombrou a mente do advogado durante a noite inteira; e se em algum momento ele chegava a cochilar, era para ver aquele vulto deslizando de modo sorrateiro por entre as ruas adormecidas, ou caminhando mais e mais depressa, até se tornar um movimento indistinto, através dos labirintos mais amplos da cidade iluminada pelos lampiões, e em cada esquina esmagar sob os pés uma criança e abandoná-la aos gritos. E ainda assim o vulto não tinha um rosto reconhecível; mesmo nos sonhos aquele ser não tinha rosto algum, ou tinha um rosto que o iludia, desfazendo-se diante do seu olhar; e tanto foi assim que no espírito do advogado brotou uma curiosidade estranhamente forte, quase sem controle, de avistar as verdadeiras feições do Mr. Hyde real. Se pudesse vê-lo pelo menos uma vez, talvez o mistério fosse atenuado e quem sabe até se dissipasse por completo, como ocorria com muitos mistérios quando submetidos a um rigoroso escrutínio. Ele veria então um motivo para a estranha preferência ou servidão (dessem-lhe o nome que bem entendessem) de seu amigo, e até mesmo para aquela surpreendente cláusula em seu testamento. Pelo menos seria um rosto digno de se ver: o rosto de um homem destituído de misericórdia, um rosto cuja mera aparição era capaz de despertar sentimentos de um ódio duradouro num espírito tão pouco impressionável quanto o de Enfield.

Daquele momento em diante, Mr. Utterson começou a vigiar aquela porta na ruazinha cheia de lojas. De manhã, antes de ir para o escritório; ao meio-dia, quando o movimento no local parecia mais intenso e o tempo mais escasso; e à noite, sob o olhar da enevoada lua urbana, sob todos os tipos de luz e em todas as horas de solidão ou de grande movimento, o advogado podia ser visto no posto de observação que tinha escolhido.

"Se ele é Mr. Hyde" — pensava ele —, "eu serei Mr. Seek".[3]

Por fim sua paciência foi recompensada. Era uma noite fresca e agradável, com um pouco de geada no ar; as ruas estavam limpas como um salão de baile; os lampiões, sem nenhum vento para agitá-los, desenhavam um padrão regular de luzes e sombras. Por volta das dez horas, quando as lojas já tinham fechado, a rua estava com uma aparência deserta e, a despeito do murmúrio confuso de toda a Londres à sua volta, ficara silenciosa. Os menores ruídos podiam ser escutados a distância; os barulhos domésticos de algumas casas podiam ser percebidos de ambos os lados da calçada; e a aproximação de qualquer transeunte era precedida de longe pelo som dos seus passos. Mr. Utterson estava no seu posto há alguns minutos, quando teve consciência de passos estranhamente leves que se aproximavam. No decorrer daquelas patrulhas noturnas ele tinha se acostumado ao modo peculiar como os passos de uma pessoa, ainda a grande distância, se destacavam de súbito por entre o vasto murmúrio e o vozerio de uma grande cidade. E ainda assim nunca sua atenção tinha sido atraída de maneira tão brusca e definida; foi com uma profunda e supersticiosa premonição de sucesso que ele recuou para as sombras do pequeno pátio.

Os passos se aproximaram, rápidos, e o ruído aumentou quando o pedestre desembocou na rua. O advogado, olhando

[3] Trocadilho com o verbo "to hide" (esconder) e "to seek" (procurar), que formam o nome inglês da popular brincadeira de esconde-esconde, "hide and seek".

às escondidas, logo percebeu o tipo do homem que estava a ponto de encarar. Era de estatura pequena, bem vestido, e sua aparência, mesmo a certa distância, produziu uma impressão de aversão no homem que o observava. Ele se encaminhou direto para a porta, atravessando a rua como quem não quer perder tempo; e ao se aproximar enfiou a mão no bolso e tirou dele uma chave, com o gesto de alguém que chega à porta de casa.

Mr. Utterson deu um passo à frente e tocou no seu ombro:

— Mr. Hyde, suponho?

Mr. Hyde encolheu-se, com um arquejo brusco de surpresa; mas seu susto foi momentâneo e embora não encarasse de frente o advogado respondeu com toda a calma:

— Este é o meu nome. O que deseja?

— Vejo que vai entrar em casa — disse o advogado. — Sou um velho amigo do Dr. Jekyll, sou Mr. Utterson, de Gaunt Street. Talvez já tenha ouvido meu nome. Já que nos encontramos aqui, pensei que pudesse me deixar entrar.

— Não vai encontrar o Dr. Jekyll. Ele não está em casa — replicou Mr. Hyde, assoprando a chave,[4] com um gesto distraído. E de repente, mas ainda de cabeça baixa, perguntou: — De onde me conhece?

— Pode fazer-me um favor, de sua parte?

— Com prazer — disse o outro.

— Posso ver o seu rosto? — pediu o advogado.

Mr. Hyde pareceu hesitar, e então, como que cedendo a um pensamento súbito, ergueu o rosto para o outro numa atitude de desafio; e os dois se encararam fixamente por alguns segundos.

— Agora sou capaz de reconhecê-lo — disse Mr. Utterson. — Pode vir a ser útil.

— Sim — retrucou Mr. Hyde. — Foi bom que tenhamos nos

[4]Devido às peculiaridades do mecanismo das chaves e fechaduras à época, assoprava-se a chave para remover grãos de poeira e fiapos de pano que impediam ou dificultavam a abertura da tranca.

encontrado, e, a propósito, preciso dar-lhe meu endereço. — E estendeu um cartão com o endereço de uma rua no Soho.

"Bom Deus!", pensou Mr. Utterson. "Será possível que ele também estivesse a pensar no testamento?" Mas guardou seus pensamentos para si, e deu apenas um grunhido de agradecimento ao guardar o papel.

— E agora — disse o outro —, como me conhece?

— Por descrição — foi a resposta.

— Descrição feita por quem?

— Temos alguns amigos em comum — disse Mr. Utterson.

— Amigos em comum — ecoou Mr. Hyde, com voz um tanto rouca. — E quem são eles?

— Jekyll, por exemplo — disse o advogado.

— Ele nunca lhe disse nada! — exclamou Mr. Hyde, num acesso de fúria. — Não imaginei que o senhor fosse capaz de mentir.

— Calma — disse Mr. Utterson. — Não está usando uma linguagem adequada.

O outro soltou um misto de rosnado com uma gargalhada selvagem, e no instante seguinte, com extraordinária agilidade, destrancou a porta e sumiu no interior da casa.

O advogado deteve-se ali por mais algum tempo depois da entrada de Mr. Hyde, e sua atitude era a imagem viva do desconforto. Depois saiu caminhando devagar pela rua, fazendo pausas constantes e levando a mão à testa como um homem cheio de perplexidade mental. O problema com que se debatia enquanto caminhava era de uma natureza que raras vezes se deixa solucionar. Mr. Hyde era pálido e com aparência de anão; dava uma impressão de deformidade sem que houvesse nele nenhuma má-formação visível, tinha um sorriso desagradável, tinha sabido se impor ao advogado com uma mistura ameaçadora de timidez e ousadia, e falava com uma voz enrouquecida, sussurrante e meio alquebrada; todos estes pontos se somavam a seu desfavor, mas nem mesmo todos eles juntos podiam explicar a sensação de repulsa, nojo e medo experimentada por Mr. Utterson. "Deve haver alguma outra coisa", pensava o perplexo cavalheiro, "Existe algo mais, e gostaria de dar um nome a isso. Deus me perdoe, o indivíduo mal parecia humano! Tinha algo de troglodita, será? Ou será como na antiga história do Dr. Fell?[5] Ou ainda a simples irradiação de uma alma maligna, que transpira através do barro que a hospeda, e o transfigura? Penso que seja esta última hipótese, porque, oh, meu pobre amigo Henry Jekyll, se alguma vez eu enxerguei a assinatura de Satã sobre um rosto, foi o desse seu novo amigo".

Dando a volta à esquina daquela rua havia uma praça, rodeada de residências belas e antigas, a maior parte delas já em processo de decadência, repartidas em apartamentos e quartos para todos os tipos de condições de inquilinos: gravadores de mapas, arquitetos, advogados obscuros e agentes de empresas pouco recomendáveis. Uma casa, contudo, a segunda a partir da esquina, ainda demonstrava ser uma residência particular, e foi à sua porta, que conservava uma aparência de prosperidade e conforto, embora mergulhada agora na escuridão, a não ser pela luz emanada através dos painéis de vidro que a encimavam, que Mr. Utterson se deteve e bateu. Um mordomo idoso e impecavelmente vestido veio atender.

— O Dr. Jekyll está em casa, Poole? — perguntou o advogado.

— Vou verificar, Mr. Utterson — disse ele, introduzindo o visitante num saguão espaçoso, confortável, de teto baixo, com piso de lajes, aquecido (à maneira das casas de campo) por uma lareira descoberta, e mobiliada com caros móveis de carvalho.

— Quer esperar aqui ao pé do fogo, senhor? — perguntou o criado. — Ou prefere levar uma luz até a sala de jantar?

[5] Alusão aos versos feitos por Tom Brown, aluno de Oxford, para o reitor da universidade, John Fell (1625-1686), que o ameaçava de expulsão: "Não gosto do sr., Dr. Fell / e a razão não sei dizer. / Mas uma coisa eu sei, e sei muito bem: / não gosto do sr., Dr. Fell".

— Aqui está bem, obrigado — disse o advogado, caminhando para perto da lareira e apoiando-se no aparador.

A sala em que ficou a sós era a menina dos olhos de seu amigo, o médico; e o próprio Utterson costumava referir-se a ela como o aposento mais agradável de Londres. Mas nessa noite havia algo que lhe gelava o sangue; o rosto de Hyde se instalava pesadamente em sua memória; ele sentia (o que era raro) uma espécie de náusea e de repugnância pela vida; e no estado de espírito soturno em que se encontrava pensava ver uma ameaça no modo como a luz das chamas bruxuleava e se refletia sobre os armários polidos, bem como na sombra que se projetava sobre o teto. Envergonhou-se do alívio que sentiu quando Poole retornou com a mensagem de que o Dr. Jekyll não se encontrava em casa.

— Vi Mr. Hyde entrar pela porta do antigo quarto de dissecação, Poole — disse ele. — Isto é correto, quando o Dr. Jekyll não se encontra em casa?

— Perfeitamente, Mr. Utterson — disse o criado. — Mr. Hyde possui uma chave.

— Seu patrão parece depositar uma grande confiança naquele jovem, Poole — disse o advogado, em tom casual.

— Sim, senhor, sem dúvida — disse Poole. — Todos nós temos instruções para obedecer às suas ordens.

— Será que eu já encontrei Mr. Hyde antes? — perguntou Utterson.

— Oh, acho que não, senhor. Ele nunca ceia aqui — retrucou o mordomo. — Na verdade ele é visto muito pouco neste lado da casa; costuma entrar e sair pela porta do laboratório.

— Bem, boa noite, Poole.

— Boa noite, Mr. Utterson.

E o advogado voltou para casa com o coração ainda mais pesado.

"Pobre Henry Jekyll", pensou ele. "Alguma coisa me diz que ele está numa situação perigosa! Ele era indisciplinado, quando jovem; há muito tempo, sem dúvida; mas as leis de Deus não têm um estatuto de limitação".

"Ah, deve ser isso: o fantasma dos erros do passado, o câncer de alguma vergonha oculta, uma punição que se aproxima, *pede claudo*,[6] anos depois que a memória se encarregou de esquecer e o amor-próprio de justificar o pecado cometido". E o advogado, amedrontado com aquela ideia, pôs-se a rememorar seu próprio passado, vasculhando todos os recantos da memória, receoso de que alguma velha iniquidade saltasse à luz de repente, como um boneco de molas. Seu passado era razoavelmente isento de manchas; poucos homens poderiam consultar o registro da própria vida com menos apreensão; e ainda assim ele se mortificava ao pensar nos muitos erros que tinha cometido, e em seguida se erguia, cheio de uma gratidão austera e respeitosa, ao pensar nos muitos que tinha estado a ponto de cometer mas soubera evitar. E ao voltar seus pensamentos ao primeiro assunto que os ocupara, permitiu-se experimentar uma centelha de esperança.

"Este senhor Hyde, se for bem investigado", pensou, "deve revelar alguns segredos sobre si mesmo; segredos tenebrosos, a julgar pela sua aparência; segredos junto aos quais os piores defeitos do pobre Jekyll reluziriam como a luz do sol. As coisas não podem continuar como estão. Sinto um calafrio ao imaginar essa criatura deslizando, furtiva, como um ladrão, junto à cama de Harry; pobre Harry, que terrível despertar! E o perigo de toda a situação: porque se esse Hyde desconfiar da existência do testamento pode ficar impaciente para entrar de posse da herança. Ah, devo fazer tudo que está ao meu alcance... caso Jekyll me permita". E completou: "Se ao menos Jekyll me permitisse!". Porque nesse instante ele via com os olhos da mente, claro como uma imagem projetada, as estranhas cláusulas do testamento.

[6] "Pé manco." Referência a um verso latino de Horácio, em suas *Odes*, onde ele diz que "raras vezes a vingança abandona um homem perverso só por ter um pé manco, mesmo que ele tenha uma grande dianteira sobre ela".

3 O DR. JEKYLL ESTAVA BEM À VONTADE

Cerca de duas semanas depois, por um golpe de sorte, o Dr. Jekyll realizou um dos seus agradáveis jantares para cinco ou seis amigos de longa data, todos eles homens inteligentes e de boa reputação, e todos conhecedores dos bons vinhos; e Mr. Utterson arranjou as coisas de tal modo que ficou para trás depois que todos os outros haviam se despedido. Isso não era um fato inusitado, mas algo que já sucedera dezenas de vezes. Quando as pessoas se afeiçoavam a Utterson, era de verdade. Os donos da casa gostavam de reter consigo o taciturno advogado quando os convidados de temperamento alegre e de verbo fácil pousavam o pé no umbral da porta de saída; gostavam de voltar a sentar por mais algum tempo junto a alguém que fazia companhia de modo discreto, reacostumando-se à solidão, serenando suas mentes junto àquele homem de um silêncio tão rico, depois de horas de incessante jovialidade. O Dr. Jekyll não era exceção a essa regra, e agora, sentado diante do fogo — um homem corpulento, bem proporcionado, de rosto liso aos cinquenta anos, com uma leve tintura de malícia talvez, mas ostentando todos os sinais da competência e da bondade — era possível ver na sua expressão o quanto ele nutria, para com Mr. Utterson, uma afeição calorosa e sincera.

— Ando querendo ter uma conversa com você, Jekyll — começou o visitante. — Lembra-se daquele seu testamento?

Um observador atento poderia ter pensado que o assunto era inconveniente; mas o doutor saiu-se de maneira descontraída.

— Meu pobre Utterson — disse ele —, você é um homem sem sorte em ter um cliente como eu. Nunca vi um homem tão incomodado quanto você ficou em relação ao meu testamento; a não ser que fosse aquele pedante encadernado, Lanyon, diante do que ele chama de minhas heresias científicas. Oh, claro, sei que ele é um bom sujeito — não precisa franzir a testa —, um excelente sujeito, e eu gostaria de desfrutar mais vezes de sua companhia; mas é um pedante encadernado, assim mesmo,[1] um pedante desinformado e boquirroto. Nenhum homem me desapontou tanto quanto Lanyon.

— Você sabe que eu nunca concordei com aquilo — retomou Utterson, teimosamente, não dando atenção àquele novo assunto.

— O meu testamento? Sim, claro que sei — disse o doutor, com certa aspereza. — Você já me disse.

— Bem, preciso dizê-lo novamente — continuou o advogado. — Andei recebendo algumas informações sobre o jovem Hyde.

O rosto grande e simpático do Dr. Jekyll empalideceu até os lábios, e uma sombra escura desceu sobre seus olhos.

— Não quero ouvir mais nada — disse ele. — Creio que tínhamos concordado em não tocar nesse assunto.

— O que ouvi foi abominável — disse Utterson.

— Não faz diferença. Você não entende a minha posição — retrucou o doutor, de modo um tanto incoerente. — Estou numa situação difícil, Utterson; uma posição muito estranha, muito estranha mesmo. É um daqueles casos em que falar a respeito de nada adianta.

— Jekyll — disse Utterson —, você me conhece. Sou um homem digno de confiança. Abra o seu coração e confie em mim; e não tenho dúvida de que poderei ajudá-lo a sair dessa situação.

— Meu bom Utterson — disse o doutor —, esse é um belo gesto de sua parte, um gesto muito digno, e não tenho palavras

[1] Um trocadilho intraduzível: "hide-bound pedant" significa "um pedante em encadernação de couro", ou seja, excessivamente formal e cheio de pose. A palavra "hide", couro, remete a Mr. Hyde, e sugere a imagem de uma aparência conservadora ocultando algo menos recomendável dentro de si.

para agradecer-lhe. Acredito totalmente na sua palavra; confiaria em você mais do que em qualquer outro ser humano vivo, e até mais do que em mim mesmo, se me fosse dada a escolha; mas nada disso é o que você imagina; não é uma coisa tão grave assim; e, só para que seu bom coração possa repousar sossegado, vou dizer-lhe uma coisa a mais: no momento que eu quiser, posso me ver livre de Mr. Hyde. Estendo-lhe a minha mão ao lhe afirmar isto, e direi apenas mais uma coisa, Utterson, algo que sei que você saberá ouvir com sensatez: este é um assunto pessoal, e peço-lhe que deixe as coisas como estão.

Utterson refletiu um pouco, contemplando as chamas da lareira.

— Não tenho dúvidas de que você está certo — disse ele, pondo-se de pé.

— Bem, mas já que tocamos no assunto, e eu espero que seja esta a última vez — continuou o doutor —, há um último detalhe que eu gostaria que você entendesse bem. Eu tenho de fato um grande interesse no pobre Hyde. Sei que você o encontrou pessoalmente; ele próprio me disse; e receio que ele tenha se comportado com rudeza. Mas eu de fato tenho um grande interesse naquele jovem, bastante grande; e se eu me for daqui, Utterson, gostaria de ter sua promessa de que você lhe dará apoio e defenderá os seus direitos. Acho que você o faria, se soubesse de tudo; e receber sua promessa tiraria um peso da minha consciência.

— Não posso mentir dizendo que espero gostar dele um dia — disse o advogado.

— Não peço isso — insistiu o doutor, pousando a mão no ombro do outro. — Peço apenas que aja com justiça; peço apenas que o ajude em meu nome, quando eu não estiver mais aqui.

Utterson soltou um suspiro que não conseguia mais conter.

— Bem — disse ele —, eu prometo.

4 O ASSASSINATO DE SIR DANVERS CAREW

Um ano depois destes acontecimentos, no mês de outubro de 18…, a cidade de Londres foi abalada por um crime de rara ferocidade, tornado ainda mais notável pela alta posição social da vítima. Os detalhes eram escassos e chocantes. Uma criada que vivia sozinha, numa casa não muito distante do rio, tinha se recolhido ao seu quarto, no andar superior, por volta das onze horas da noite. Embora o nevoeiro tivesse envolvido a cidade durante a madrugada, no começo da noite o céu estivera limpo, e o beco para onde dava o quarto da criada estava brilhantemente iluminado pela lua cheia. Parece que a moça tinha inclinações românticas, porque ela se sentou sobre um baú encostado junto à janela, e caiu em devaneio. Nunca antes (era o que ela repetia, aos prantos, sempre que narrava o acontecido) tinha se sentido mais em paz com a humanidade ou pensado no mundo com um espírito mais generoso. E enquanto estava ali sentada ela percebeu um belo e idoso cavalheiro de cabelos brancos caminhando pelo beco, e, indo ao seu encontro, outro cavalheiro de baixa estatura, ao qual de início ela não deu muita atenção. Quando os dois estavam a ponto de se cruzar, logo abaixo da janela da criada, o homem mais idoso fez um cumprimento e abordou o outro de maneira polida e respeitosa. O que disse não parecia ser de grande importância, e, pelo modo como apontou, poderia estar apenas perguntando uma direção qualquer; mas o luar brilhou sobre seu rosto enquanto falava, e a moça o observou com prazer, pois ele exprimia uma certa inocência e uma bondade à moda antiga, misturadas a uma certa nobreza, como alguém que tem boas razões para estar em paz consigo mesmo. Em seguida os olhos dela se dirigiram para o outro cavalheiro, e ela ficou surpresa ao reconhecer nele um certo Mr. Hyde que certa vez visitara seu patrão e pelo qual ela passara a nutrir aversão. Ele empunhava uma pesada bengala, com a qual brincava distraidamente; mas não deu uma palavra de resposta e pareceu escutar o outro com impaciência mal reprimida. E então, de súbito, explodiu num violento acesso de fúria, batendo com o pé no chão, erguendo a bengala e avançando sobre o outro (assim descreveu a criada) como um homem enlouquecido. O cavalheiro idoso recuou um passo, com uma expressão de surpresa e de quem está ofendido; e nesse instante Mr. Hyde perdeu totalmente o controle e o agrediu com a bengala, derrubando-o. No momento seguinte, com a fúria de um gorila, estava pisoteando o homem caído e cobrindo-o com uma saraivada de golpes tão fortes que se podia ouvir o ruído dos ossos partidos, enquanto o corpo do homem se estorcia em convulsões sobre o pavimento. Diante de uma visão e de sons tão horríveis, a criada desmaiou.

Eram duas horas quando ela voltou a si e chamou a polícia. O assassino já tinha desaparecido há muito tempo; mas ali continuava sua vítima, o corpo caído no chão do beco, incrivelmente desfigurado. O bastão com que o crime havia sido cometido, mesmo sendo de uma madeira rara e muito resistente, havia se partido ao meio devido à fúria daquele ataque cruel e insensato; uma das metades tinha rolado pelo chão até cair na sarjeta, e a outra, sem dúvida, havia sido levada pelo criminoso. Uma bolsa e um relógio de ouro foram encontrados junto à vítima, mas nenhum cartão de visita ou outro documento, exceto um envelope fechado e selado, que ele provavelmente estava levando à caixa de correio, e que tinha escritos na frente o nome e o endereço de Mr. Utterson.

Este envelope chegou às mãos do advogado na manhã seguinte, antes mesmo que ele se erguesse da cama; e mal ele o tinha recebido e se inteirado das circunstâncias, cerrou os lábios com firmeza, dizendo ao portador:

— Não direi nada enquanto não tiver visto o corpo; isso pode ser muito sério. Espere enquanto me visto.

E com a mesma gravidade de expressão ele tomou às pressas o seu café da manhã e rumou para a delegacia de polícia, para onde o corpo tinha sido removido. Assim que entrou no aposento, ele fez um sinal afirmativo.

— Sim — disse —, eu o reconheço. Lamento dizer que este é Sir Danvers Carew.

— Bom Deus, senhor — exclamou o oficial —, será possível?! — E no mesmo instante seus olhos brilharam com ambição profissional. — Isto vai causar muito rumor, e talvez o senhor possa nos ajudar a capturar o sujeito.

Mr. Utterson já tinha recuado ao ouvir o nome de Hyde; mas quando o pedaço de bengala lhe foi apresentado suas últimas dúvidas se esvaíram; mesmo quebrada e estilhaçada como estava, ele reconheceu de imediato uma bengala que ele mesmo presenteara a Henry Jekyll muitos anos atrás.

— Esse Mr. Hyde é uma pessoa de baixa estatura? — perguntou ele.

— Pronunciadamente baixa; e com uma aparência pronunciadamente desagradável, de acordo com o testemunho da criada — disse o oficial.

Mr. Utterson refletiu um pouco e depois, erguendo a cabeça, disse:

— Se quiser me acompanhar em meu cabriolé, acho que posso levá-lo à casa onde ele mora.

Eram cerca de nove da manhã, durante o primeiro nevoeiro daquela estação. Um grande dossel cor de chocolate parecia estar baixando do céu, mas o vento arremetia continuamente de encontro a esses vapores em torvelinho; e enquanto o cabriolé avançava devagar de rua em rua Mr. Utterson contemplou uma quantidade maravilhosa de nuances e tonalidades de lusco-fusco; aqui, a rua era tão escura quanto ao anoitecer; ali, havia por toda parte um resplendor de um marrom profundo e esmaecido, como se fosse a luz de algum estranho incêndio; e adiante, por um breve momento, o nevoeiro se rasgava e um jato esmaecido de sol se esgueirava por entre as massas em turbilhão. O bairro decrépito do Soho, vislumbrado por entre essas mudanças de luz, com suas ruas lamacentas, suas prostitutas mal vestidas, seus lampiões, que não tinham sido extintos desde a noite anterior ou já tinham sido reavivados para fazer frente àquela nova ofensiva da escuridão, tudo aquilo parecia, aos olhos do advogado, um quarteirão de uma cidade vista em pesadelo. Além do mais, os pensamentos que se agitavam em sua mente eram da natureza mais lúgubre possível, e quando ele relanceava os olhos para o seu companheiro de trajeto experimentava um pouco daquele terror da lei e dos seus oficiais que de tempos em tempos podem acometer mesmo o mais honesto dos homens.

Quando o cabriolé parou diante do endereço indicado, o nevoeiro tinha se erguido um pouco, revelando uma rua miserável, um botequim de péssima aparência, um restaurante francês numa casa pouco elevada, uma loja que vendia no varejo revistas baratas e saladas de dois pence, crianças andrajosas encolhidas sob os portais, e muitas mulheres de diferentes nacionalidades que cruzavam a rua, de chave em punho, para tomar a primeira bebida do dia; logo em seguida o nevoeiro voltou a envolver a área com sua luminosidade cor de âmbar, isolando-os daquele ambiente miserável. Ali ficava a residência do protegido de Henry Jekyll, o homem que era herdeiro de um quarto de milhão de libras esterlinas.

A porta foi aberta por uma mulher idosa, de rosto amarelo como o marfim, e cabelos cor de prata. Tinha um rosto maldoso suavizado pela hipocrisia, mas seus modos eram impecáveis. Sim, disse ela, era ali que morava Mr. Hyde, mas ele não estava em casa; tinha chegado bastante tarde na noite anterior, mas voltara a sair em menos de uma hora; não, não havia nada de estranho naquilo; seus hábitos eram muito irregulares, e se ausentava com frequência; por exemplo, antes da noite anterior ela não o tinha visto por mais de dois meses.

— Muito bem. Neste caso, precisamos examinar os aposentos dele — disse o advogado, e quando a mulher começou a dizer que aquilo era impossível, completou: — Será melhor dizer-lhe quem é este cavalheiro. É o inspetor Newcomen, da Scotland Yard.

Um brilho de alegria maligna apareceu no rosto da mulher.

— Ah! — exclamou ela. — Ele está com problemas! O que foi que fez?

Mr. Utterson e o inspetor se entreolharam.

— Ele não parece ser um sujeito muito popular — disse este último; e para a mulher: — E agora, minha boa senhora, permita que eu e o meu companheiro façamos um pequeno exame no quarto dele.

Na casa, onde o único outro morador era aquela velha, Mr. Hyde tinha alugado apenas dois quartos, mas ambos eram mobiliados com luxo e bom gosto. Havia um armário cheio de garrafas de vinho; a baixela era de prata, o serviço de mesa elegante; havia um belo quadro pendurado numa parede, um presente (Mr. Utterson imaginou) de Henry Jekyll, que era um grande conhecedor de arte; e os tapetes eram de boa qualidade e de cores agradáveis. Naquele momento, no entanto, os quartos davam mostras de terem sido saqueados recentemente, e às pressas; havia roupas jogadas no chão, com os bolsos revirados; gavetas com trancas estavam escancaradas; e diante da lareira havia uma pilha de cinzas escuras, como se uma certa quantidade de papéis tivessem sido queimados. Do meio das brasas o inspetor conseguiu extrair um pedaço da borda de um talão de cheques, de cor verde, que tinha resistido à ação do fogo; além disso, a outra metade da bengala partida foi encontrada atrás da porta; e o inspetor proclamou sua satisfação ao ver como todas estas peças se encaixavam. Uma visita ao banco comprovou que a conta do suspeito tinha um crédito de vários milhares de libras, o que fechou o círculo.

— Pode ter certeza, cavalheiro — disse o inspetor a Mr. Utterson. — Ele está nas nossas mãos. Deve ter perdido a cabeça, ou nunca teria deixado para trás a bengala, ou, mais do que tudo, queimado o talão de cheques. Ora, todo homem precisa de dinheiro para viver. Não temos outra coisa a fazer senão esperar que vá ao banco, e distribuir panfletos com sua descrição.

Isto contudo, não teve os resultados que eram esperados, porque havia muito poucas pessoas que conhecessem Mr. Hyde; mesmo o patrão da criada que denunciara o crime o vira apenas duas vezes; nenhum traço foi encontrado de sua família; ele nunca fora fotografado; e as poucas pessoas capazes de descrevê-lo o faziam de modo contraditório, como tantas vezes ocorre com testemunhas visuais. Todas concordavam em apenas um ponto: a sensação inquietante, de uma deformação indefinível, que o suspeito provocava em quem pusesse os olhos nele.

5 O INCIDENTE DA CARTA

Foi apenas no final da tarde que Mr. Utterson conseguiu finalmente bater à porta da casa do Dr. Jekyll, onde foi imediatamente recebido por Poole e conduzido, através da cozinha, até um pátio interno que em outra época havia sido um jardim, e depois à construção que ficava nos fundos, e que tanto era denominada de "laboratório" quanto de "quarto de dissecação". O doutor Jekyll havia comprado aquela casa aos herdeiros de um cirurgião famoso; e como suas próprias pesquisas se inclinavam mais na direção da Química do que da Anatomia, ele tinha mudado a função daquele bloco, transformando-o em laboratório. Era a primeira vez que o advogado tinha acesso àquela parte da residência do seu amigo; e ele observou com curiosidade aquela estrutura sombria, manchada de fuligem, e sem janelas. Tomado por uma sensação sinistra, ele entrou em um pequeno anfiteatro interno, onde tempos atrás estudantes ansiosos por conhecimento tinham se sentado, e que agora estava vazio e silencioso. As mesas estavam cheias de aparelhos químicos, o chão coberto por caixotes e pela palha usada para proteger as encomendas, enquanto a luz se escoava fracamente por uma claraboia embaçada. Na extremidade oposta, um lance de escadas subia até uma porta coberta de tecido vermelho, através da qual Mr. Utterson finamente teve acesso ao escritório particular do doutor. Era uma sala espaçosa, com armários de madeira para guardar frascos e outros recipientes de vidro, um espelho de corpo inteiro que girava na moldura, e uma mesa de trabalho. Três janelas dando para o pátio da rua de trás, fechadas por barras de ferro, eram a única abertura para o exterior. O fogo ardia na lareira, que tinha uma lâmpada acesa sobre a borda da chaminé, porque mesmo no interior da casa o nevoeiro se infiltrava, espesso; e ali, junto ao calor, estava sentado o Dr. Jekyll, com a aparência de um homem mortalmente enfermo. Não se ergueu para receber o visitante, mas estendeu-lhe uma mão fria e deu-lhe as boas-vindas com uma voz diferente do normal.

— E então — disse Mr. Utterson, assim que Poole se retirou —, leu os jornais de hoje?

O doutor estremeceu.

— Os jornaleiros estavam gritando as manchetes na praça — disse. — Ouvi tudo da minha sala de jantar.

— Serei breve — disse o advogado. — Carew era meu cliente, mas você também o é, e preciso saber o que estou fazendo. Suponho que você não cometeu a loucura de esconder aqui aquele indivíduo.

— Utterson, juro-lhe por Deus! — exclamou o doutor. — Juro por Deus que nunca mais voltarei a pôr os olhos nele. Dou-lhe minha palavra de honra de que tudo acabou neste mundo entre mim e ele. Chegou ao fim da linha. E a verdade é que ele não quer minha ajuda; você não o conhece tanto quanto eu; ele está seguro, bastante seguro; anote o que estou lhe dizendo, ninguém jamais voltará a ouvir falar dele.

O advogado o escutou com ar taciturno; a atitude febril do seu amigo não lhe agradava nem um pouco.

— Você parece muito seguro disso — comentou ele. — E, para o seu bem, espero que tenha razão. Porque se este caso for aos tribunais, seu nome forçosamente será citado.

— Tenho certeza quanto a ele — replicou Jekyll. — Tenho motivos para saber isto com certeza, motivos que não posso compartilhar com ninguém. Mas há uma coisa sobre a qual preciso de seus conselhos. Eu… eu recebi uma carta, e estou sem saber se devo mostrá-la à polícia. Preferiria deixá-la em suas mãos, Utterson; você poderia avaliá-la com grande ponderação, tenho certeza; tão grande é minha confiança em você.

— Suponho que seu receio é de que a carta leve à descoberta de Hyde? — perguntou o advogado.

— Não — disse o outro —, não posso dizer que me preocupo com o que pode acontecer com Hyde. Minha relação com ele acabou. Estava preocupado comigo mesmo, porque este assunto detestável está me deixando numa condição muito exposta.

Utterson ficou ruminando aquilo por algum tempo; estava surpreso com o comportamento egoísta do seu amigo, e ao mesmo tempo aliviado ao vê-lo agir assim.

A carta estava escrita numa caligrafia estranha, empertigada, e estava assinada "Edward Hyde"; e comunicava, com brevidade, que o benfeitor do signatário, Dr. Jekyll, a quem ele mal fora capaz de pagar as mil generosidades que recebera, não precisava se preocupar com a sua segurança, uma vez que ele tinha meios de fuga dignos de confiança. O advogado apreciou bastante esta carta; ela dava uma diferente coloração à amizade entre aqueles dois; e ele se censurou por algumas das suspeitas que chegara a alimentar no passado.

— Tem o envelope? — perguntou.

— Eu o queimei — replicou Jekyll — antes mesmo de perceber a que se referia a carta. Mas não tinha carimbos do correio. Deve ter sido trazida pessoalmente.

— Devo guardar isto e manter silêncio? — perguntou o advogado.

— Confio inteiramente na sua decisão — foi a resposta. — Perdi a confiança em mim mesmo.

— Bem, vou pensar a respeito — disse o advogado. — Agora, só mais uma coisa: foi Hyde quem ditou os termos do testamento, referindo-se à possibilidade de que você morresse?

O doutor pareceu a ponto de desfalecer, mas cerrou os lábios com força e com um sinal de cabeça respondeu que sim.

— Eu sabia — disse Utterson. — Ele planejava matá-lo. Você teve sorte em escapar.

— Tive muito mais do que isso — respondeu o doutor, solenemente. — Tive uma lição... Ah, meu Deus, Utterson, a lição que recebi! — E cobriu o rosto com as mãos.

Ao sair, o advogado parou para trocar algumas palavras com Poole.

— A propósito — disse ele —, trouxeram uma carta para aqui, hoje; que aparência tinha o portador?

Mas Poole foi taxativo: nada tinha chegado a casa com exceção da remessa normal do correio, "e mesmo esta continha apenas circulares", completou ele.

Esta informação fez com que o visitante se despedisse dali com seus temores reavivados. Parecia certo que a carta tinha sido entregue através da porta do laboratório; talvez tivesse sido escrita no próprio escritório do médico; e se isso fosse verdade deveria ser interpretada de outro modo, e tratada com mais cuidado. Os jornaleiros, enquanto ele cruzava a rua, gritavam pelas calçadas: "Edição especial! O assassinato chocante de um membro do Parlamento!". Esta era a oração fúnebre dedicada a um amigo e cliente seu, e Mr. Utterson não pôde evitar um certo receio de ver o nome de outro amigo arrastado no torvelinho daquele escândalo. Era no mínimo uma decisão delicada que lhe cabia tomar; e, mesmo com a autossuficiência que lhe era habitual, ele começou a sentir a necessidade de aconselhamento. Talvez não de forma direta, mas através de outros meios.

Algum tempo depois ele estava sentado diante de sua própria lareira, na companhia de Mr. Guest, seu chefe de escriturários, e entre os dois, a uma distância do fogo calculada com a máxima precisão, uma garrafa de um vinho especial que por muito tempo jazera longe do sol, nas profundezas de sua adega. O nevoeiro continuava a flutuar sobre a cidade, onde os lampiões cintilavam como carbúnculos; e através do ar abafado por essas nuvens baixas, a procissão da vida urbana continuava a fluir pelas grandes artérias com o som de uma incessante ventania. Mas aquele aposento era alegrado pela luz do fogo; na garrafa, os ácidos do vinho tinham se atenuado, a cor púrpura imperial se suavizara com o tempo, assim como as cores se tornam mais vívidas através de janelas com vitrais; o brilho cálido das tardes de outono, nos vinhedos das colinas, estava pronto para ser libertado e para dispersar o nevoeiro londrino. Sem o perceber, o advogado foi relaxando pouco a pouco. Não havia homem de quem ele ocultasse menos segredos do que Mr. Guest; e ele mesmo não sabia se guardava para si tantos quanto pretendia. Guest visitava o doutor Jekyll de vez em quando, a serviço; conhecia bem Poole, o mordomo; dificilmente teria deixado de ouvir algum comentário sobre a familiaridade com que Mr. Hyde se movimentava naquela casa; e era capaz de tirar suas próprias conclusões; que mal faria se visse aquela carta que talvez fosse capaz de esclarecer todo o mistério? Principalmente sendo Guest um grande estudioso e crítico da arte da grafologia, não consideraria essa consulta um fato natural, e não acederia de bom grado? Além do mais, o escriturário era um homem ponderado; dificilmente leria um documento tão estranho sem emitir algum tipo de comentário; e talvez Mr. Utterson pudesse, a partir desse comentário, traçar sua futura linha de ação.

— Uma coisa muito triste isso que aconteceu com Danvers — disse Mr. Utterson.

— Sim, senhor, muito triste de fato. Despertou uma grande comoção entre o público — replicou Guest. — O criminoso, é claro, devia estar louco.

— Gostaria de saber sua opinião sobre este assunto — disse Utterson. — Tenho aqui comigo um documento de próprio punho desse indivíduo; isto fica entre nós, porque ainda não tenho ideia do que vou fazer com ele; e trata-se na melhor das hipóteses de um assunto escabroso. Aqui está: algo dentro de sua especialidade, o autógrafo de um assassino.

Os olhos de Guest brilharam, e ele sentou-se mais aprumado na poltrona, passando imediatamente a examinar o papel com a máxima atenção.

— Não, senhor — disse ele. — Não é louco. Mas trata-se de uma caligrafia estranha.

— E por tudo que ouvimos dizer, escrita por um homem estranho.

Neste instante o criado entrou com uma mensagem.

— É a letra do Dr. Jekyll, senhor? — perguntou o escriturário. — Achei que conhecia essa caligrafia. Algo pessoal, Mr. Utterson?

— Apenas um convite para jantar. Por quê? Quer examiná-lo?

— Só por um instante. Obrigado, senhor.

Ele colocou os dois papéis lado a lado e observou cuidadosamente o conteúdo de ambos.

— Obrigado, senhor — disse por fim, devolvendo-os a Mr. Utterson. — Um documento autógrafo muito interessante.

Houve uma pausa durante a qual Mr. Utterson lutou para conter a curiosidade, mas acabou perguntando de repente:

— Por que pediu para compará-los, Guest?

— Bem, senhor — disse o outro —, há uma semelhança muito singular. As duas caligrafias são idênticas em muitos pontos, têm apenas uma inclinação diferente.

— Muito esquisito — disse Utterson.

— Muito esquisito mesmo — concordou Guest.

— Seria melhor não mencionarmos esta observação para ninguém — disse o advogado.

— De fato, senhor, seria bem melhor. Compreendo.

Mas assim que Mr. Utterson se viu a sós naquela noite, foi logo trancar a nota no cofre, onde ela ficou dali em diante.

"O quê!", pensou ele. "Henry Jekyll falsificando um documento para proteger um assassino!" E o sangue gelou nas suas veias.

6 O ESTRANHO INCIDENTE COM O DR. LANYON

O TEMPO PASSOU. Milhares de libras esterlinas foram oferecidas em recompensa, porque a morte de Sir Danvers foi encarada como uma afronta à ordem pública, mas Mr. Hyde desapareceu da vista da polícia como se nunca tivesse existido. Muitos fatos foram descobertos sobre seu passado, sem dúvida, e todos eles eram comprometedores: histórias sobre seus atos de crueldade, ao mesmo tempo insensíveis e brutais; sua vida viciosa, suas estranhas companhias, o ódio que o acompanhara ao longo de toda sua carreira; mas não se ouviu um sussurro sequer a respeito de seu paradeiro atual. A partir do momento em que deixara seus aposentos no Soho, na madrugada do crime, ele havia simplesmente evaporado; e à medida que o tempo foi passando, Mr. Utterson foi perdendo aquela sensação de alarme e ficou em paz consigo mesmo. A morte de Sir Danvers fora, no seu modo de ver, mais do que compensada pelo desaparecimento de Mr. Hyde. Agora que a má influência não se fazia mais presente, uma nova vida parecia começar para o Dr. Jekyll. Ele emergiu de sua vida reclusa, reatou relações com os amigos, voltou a ser o anfitrião e o companheiro jovial que todos conheciam, e, ainda que ele sempre tivesse sido conhecido pelas suas numerosas atitudes beneficentes, agora ele não era menos notório por sua vida religiosa. Sempre ocupado, vivendo ao ar livre, praticando o bem. Seu rosto tinha uma expressão mais franca e mais satisfeita, como que traduzindo uma consciência íntima de estar sendo útil; e por mais de dois meses o doutor teve uma vida pacífica.

No dia 8 de janeiro, Utterson havia ceado na casa do doutor, com um pequeno grupo de amigos; Lanyon estivera presente; e os olhos do doutor se moviam de um para o outro amigo como nos velhos tempos em que os três eram companheiros inseparáveis. No dia 12, e logo em seguida no dia 14, o doutor encontrou fechada a porta do amigo. "O doutor estava recolhido, sem poder receber ninguém", declarou Poole. No dia 15 Mr. Utterson tentou novamente, e mais uma vez foi barrado; e tendo se acostumado nos dois últimos meses a encontrar o amigo quase diariamente, sentiu outra vez o peso da solidão em seu espírito. Na quinta noite ele convidou Guest para jantar em sua casa; e na sexta dirigiu-se à casa de Lanyon.

Ali, pelo menos, conseguiu ser recebido; mas ao entrar ficou chocado com a aparência do médico. Era como se uma sentença de morte estivesse gravada no seu rosto. O homem outrora rosado tinha se tornado lívido, e de rosto flácido; estava visivelmente mais calvo e mais envelhecido; e no entanto não foram esses sinais de uma rápida decadência física que atraíram a atenção do advogado, mas uma expressão no olhar e nas atitudes do amigo que pareciam revelar um terror profundamente incrustado na sua alma. Era improvável que o médico tivesse razões para temer pela própria vida; e no entanto foi esta a impressão que teve Mr. Utterson. "Sim," pensou ele, "ele é médico, deve conhecer o estado em que se encontra e deve saber que está com os dias contados; e isso é mais do que é capaz de suportar". E no entanto, quando o advogado mencionou essa mudança de aparência, foi com um ar de firmeza que Lanyon afirmou saber que era um homem condenado.

— Sofri um choque — disse ele — do qual nunca irei me recuperar. É uma questão de semanas. Bem, tive uma vida agradável; sim, cavalheiro, acostumei-me a gostar da vida que tinha. Às vezes penso que se conhecêssemos tudo quanto existe nos sentiríamos mais contentes na hora de partir.

— Jekyll também está doente — comentou Utterson. — Você o viu estes dias?

Mas o rosto de Lanyon sofreu uma mudança, e ele ergueu uma mão trêmula.

— Não quero mais ver o doutor Jekyll nem ouvir falar no seu nome — disse ele com veemência, numa voz vacilante. — Encerrei minhas relações com aquele indivíduo, e peço-lhe que não faça nenhuma alusão a alguém que considero como se estivesse morto.

— Ora, ora — disse Mr. Utterson. E, depois de uma longa pausa: — Posso fazer algo a respeito? Somos três velhos amigos, Lanyon; e talvez não vivamos o bastante para fazer outras amizades assim.

— Nada pode ser feito — disse Lanyon. — Pergunte a ele próprio.

— Ele não me recebeu estes dias — disse o advogado.

— Isso não me surpreende — foi a resposta. — Algum dia, Utterson, depois que eu estiver morto, você talvez seja capaz de ver os dois lados desta questão. Não posso dizer-lhe mais nada. Enquanto isso, se quiser sentar-se e conversar comigo sobre outra coisa, pelo amor de Deus, fique; mas se não conseguir evitar esse maldito assunto, então, em nome de Deus, vá embora, porque isso é algo que não posso suportar.

Assim que chegou em casa, Utterson sentou-se e redigiu uma carta para Jekyll, queixando-se por não ter sido admitido em sua casa, e perguntando os motivos de seu rompimento com Lanyon; e no dia seguinte chegou-lhe uma longa resposta, que chegava a empregar expressões patéticas, e às vezes um tom velado e misterioso, para explicar que seu afastamento de Lanyon era irremediável. "Não culpo nosso velho amigo," escreveu Jekyll, "mas concordo com a opinião dele de que não devemos voltar a conviver. Pretendo de agora em diante levar uma vida completamente reclusa; peço que não se surpreenda, e que não duvide da minha amizade sincera, caso venha a encontrar com frequência a minha porta fechada para você. Espero que seja paciente comigo e me permita seguir no meu caminho, por mais obscuro que lhe pareça. Eu atraí sobre mim uma punição e um perigo cuja natureza não posso revelar. Se por um lado sou o maior dos pecadores, por outro sou também o maior dos sofredores. Nunca imaginei que este mundo tivesse espaço para sofrimentos e terrores tão desmoralizantes. E você não pode fazer outra coisa, Utterson, para aliviar o meu fardo, a não ser respeitar o meu silêncio".

Utterson ficou perplexo; a influência negativa de Hyde tinha sido removida, o médico tinha retornado aos seus antigos afazeres e amigos; uma semana atrás estava sorridente, como se tudo na vida lhe assegurasse uma velhice alegre e honrada; e agora, de um momento para outro, amizade, paz de espírito e todas as coisas que lhe davam razão à vida pareciam ter sido destruídas. Uma mudança tão radical e súbita parecia indício de loucura; mas à vista das atitudes e das palavras de Lanyon, devia haver alguma razão oculta que a justificava.

Uma semana depois o Dr. Lanyon caiu de cama, e estava morto em menos de quinze dias. Na noite que se seguiu ao funeral, durante o qual se sentira fortemente deprimido, Utterson trancou-se em seu escritório, e ali, à luz melancólica de uma vela, retirou e abriu diante de si um envelope endereçado com a caligrafia e selado com o timbre de seu falecido amigo.

> "PESSOAL: às mãos, EXCLUSIVAMENTE, de G.J. Utterson, e para ser destruído, sem ler, no caso de seu falecimento preceder o meu".

Assim o envelope estava endereçado, de maneira enfática, e o advogado temia pelo que pudesse descobrir lá dentro. "Sepultei hoje uma grande amizade," pensou ele; "será que este documento irá me custar outra?". E em seguida, censurando este receio como uma forma de deslealdade, partiu o lacre. No interior havia outro envelope, igualmente selado, no qual estava escrito: "Não deve ser aberto até a morte ou desaparecimento do Dr. Henry Jekyll". Utterson não pôde acreditar no que via.

Sim, falava-se em desaparecimento; também aqui, a exemplo do insólito testamento que ele há muito tempo devolvera ao seu autor, também aqui a ideia de desaparecimento e o nome de Henry Jekyll estavam claramente associados. Mas no testamento essa ideia brotara de uma sinistra sugestão do tal Hyde; estava expressa ali com um propósito bastante claro e horrível. Escrito pela mão de Lanyon, que significado poderia ter? Uma grande curiosidade lhe veio ao espírito, a de não dar ouvidos à proibição e mergulhar de vez no fundo daquele mistério; mas a honra profissional e o compromisso com seu falecido amigo eram muito mais fortes; e o envelope foi dormir intacto no fundo do seu cofre.

Uma coisa é combater a curiosidade, outra é derrotá-la; e é duvidoso que, a partir daquele dia, Utterson voltasse a desejar a proximidade de seu velho amigo com a mesma ansiedade de antes. Pensava nele com simpatia; mas seus pensamentos eram inquietos e amedrontados. Procurou-o, sem dúvida, algumas vezes; mas é possível que tenha se sentido aliviado quando lhe foi negado acesso, e talvez, em seu coração, ele preferisse ficar conversando com Poole na porta de entrada, cercado pelo ar e pelos sons da cidade, do que ser admitido no interior daquela casa de voluntária servidão, e sentar-se para conversar com o seu dono inescrutável e recluso. Quanto a Poole, não tinha boas notícias para trazer-lhe. Ao que parece o médico, mais do que nunca, estava confinado no gabinete que ficava na parte superior do laboratório, chegando mesmo a dormir lá às vezes; estava abatido, silencioso, não lia mais; era como se algo estivesse incrustado em sua mente. Utterson acabou se acostumando de tal forma a esses relatórios, que nunca variavam, que suas visitas foram se tornando cada vez mais espaçadas.

7 O INCIDENTE DA JANELA

ACONTECEU certo domingo, quando Mr. Utterson estava fazendo seu passeio habitual com Mr. Enfield, que o seu trajeto se encaminhasse mais uma vez para aquela rua transversal; e ao passar diante da porta, pararam para observá-la.

— Bem — disse Enfield —, essa história, pelo menos, já se encerrou. Nunca mais veremos de novo Mr. Hyde.

— Espero que não — disse Mr. Utterson. — Já lhe contei que encontrei-me com ele uma vez, e que mal pude controlar minha repulsa?

— É impossível que uma coisa aconteça sem que experimentemos a outra — retrucou Enfield. — E a propósito, você deve ter me achado muito estúpido por não saber que isto é uma entrada dos fundos para a casa de Jekyll. Foi em parte por culpa sua que acabei descobrindo.

— Então você descobriu, não é? — disse Utterson. — Neste caso, podemos ir até o pátio e olhar as janelas. Para falar a verdade, estou inquieto a respeito do pobre Jekyll; e mesmo estando aqui fora creio que a presença de um amigo pode fazer-lhe algum bem.

O pátio estava frio e um tanto úmido, e já mergulhado numa penumbra prematura, embora o céu ainda brilhasse com as cores do crepúsculo. A janela do meio estava semiaberta, e sentado junto a ela, com uma expressão de infinita tristeza, como um prisioneiro sem esperanças, Utterson avistou o Dr. Jekyll.

— Ora! Jekyll! — exclamou ele. — Espero que esteja se sentindo melhor.

— Estou mal, Utterson — replicou o médico com expressão sombria. — Muito, muito mal. Não vou durar muito tempo, graças a Deus.

— Você passa um tempo excessivo dentro de casa — disse o advogado. — Devia sair um pouco mais e fazer o sangue circular, como fazemos eu e Enfield. A propósito, este é o meu primo, Mr. Enfield… O Dr. Jekyll… Então, venha! Pegue seu chapéu e vamos dar uma volta.

— Você é muito bondoso — suspirou o outro. — Gostaria muito de fazê-lo; mas não, não, isto é impossível; não me atrevo. Mas sem dúvida, Utterson, estou muito feliz em vê-lo, isso é um enorme prazer. Gostaria de convidar você e Mr. Enfield para entrarem um pouco, mas o local não está em ordem.

— Ora — disse o advogado, com bom humor —, então a melhor coisa a fazermos é ficar aqui embaixo e conversar com você onde se encontra.

— É justamente o que eu estava a ponto de sugerir — disse o médico com um sorriso. Porém, mal tinha pronunciado estas palavras, quando o sorriso foi varrido do seu rosto e substituído por uma expressão de um terror e de um desespero tão abjetos que gelou o sangue dos dois cavalheiros que o observavam de baixo. Durou apenas um instante, porque logo a janela foi fechada com violência; mas aquele vislumbre fora suficiente, e eles se viraram e abandonaram o pátio sem dizer uma palavra. Também em silêncio atravessaram a rua, e não foi senão quando tinham chegado a uma avenida próxima, onde, apesar de ser domingo, via-se um certo movimento, que Mr. Utterson por fim virou-se e olhou para seu companheiro. Os dois estavam igualmente pálidos; e a resposta nos olhos de ambos era a mesma expressão de horror.

— Deus nos perdoe, Deus nos perdoe — disse Mr. Utterson.

Mas Mr. Enfield apenas assentiu vigorosamente com a cabeça, e eles voltaram a caminhar em silêncio.

8 A ÚLTIMA NOITE

MR. UTTERSON estava sentado junto à lareira certa noite, após o jantar, quando foi surpreendido pela visita de Poole.

— Céus, Poole, o que o traz aqui? — exclamou ele; e ao observar melhor a atitude do outro: — Que aflição é essa? O doutor está doente?

— Mr. Utterson — disse o homem —, há algo de errado.

— Sente-se, e aqui está uma taça de vinho — disse o advogado. — Agora, descanse, e depois diga-me com clareza o que deseja.

— O senhor conhece os hábitos do doutor — replicou Poole — e como ele gosta de se trancar. Bem, ele está mais uma vez trancado naquele escritório; e não gosto nada disso, senhor... Preferiria morrer. Mr. Utterson, estou com medo.

— Ora, meu bom homem — disse o doutor —, seja mais explícito. Está com medo do quê?

— Estou com medo há uma semana — replicou Poole, evitando a pergunta. — E não aguento mais.

A aparência do mordomo confirmava amplamente suas palavras; seus modos tinham mudado para pior; e exceto pelo momento em que se referiu ao seu terror, não olhou o advogado nos olhos uma vez sequer. Mesmo agora, estava sentado, apoiando sobre o joelho a taça de vinho que não provara, e com os olhos fitos num canto do aposento.

— Não aguento mais — repetiu.

— Ora — disse o advogado —, vejo que deve ter suas razões, Poole; vejo que existe aqui alguma coisa que não está nos eixos. Tente me dizer do que se trata.

— Acho que aconteceu um crime — disse Poole, com voz rouca.

— Um crime! — exclamou Mr. Utterson, já assaltado pelo medo e irritado por esse mesmo motivo. — Que tipo de crime? O que quer dizer?

— Não sei o que dizer-lhe, senhor — foi a resposta. — Não quer me acompanhar e ver com seus próprios olhos?

A única resposta de Mr. Utterson foi levantar-se e ir em busca do chapéu e do sobretudo; mas ele percebeu com espanto a expressão de imenso alívio que surgiu no rosto do mordomo, e notou também que o vinho permanecia intocado quando ele pousou a taça na mesa para acompanhá-lo.

Era uma noite tumultuosa e fria de março, típica da estação, com uma lua pálida que parecia estar deitada de costas pela força do vento, e uma camada baixa de nuvens flutuantes de textura de cambraia. O vento tornava difícil a conversação, e parecia coagular o sangue no rosto. Parecia também ter afugentado das ruas os transeuntes, porque Mr. Utterson não se lembrava de ter visto aquela parte de Londres tão deserta. Ele preferiria que não fosse assim; nunca em sua vida tinha experimentado de forma tão intensa o desejo de ver e tocar seus semelhantes; porque, mesmo que se esforçasse, crescia cada vez mais em sua mente a esmagadora premonição de uma calamidade. Quando chegaram à praça, o vento fazia girar turbilhões de poeira, e as árvores esguias do jardim fustigavam com seus galhos as grades do parque. Poole, que durante todo o trajeto se mantivera um ou dois passos à frente, deteve-se na calçada e, a despeito do frio cortante, tirou o chapéu e enxugou a testa com um lenço vermelho. Mas apesar de toda a pressa com que tinham caminhado, o suor que estava enxugando não era do esforço físico, mas de uma angústia que o sufocava; seu rosto estava lívido e sua voz, quando falou, estava áspera e vacilante.

— Bem, senhor — disse ele —, aqui estamos, e queira Deus que não haja nada errado.

— Amém, Poole — disse o advogado.

O mordomo bateu à bota de maneira discreta; ouviu-se o ruído da corrente sendo retirada, e pela fresta que se entreabriu em seguida uma voz perguntou de dentro:

— É você, Poole?

— Sim, está tudo bem — disse Poole. — Abra a porta.

Quando entraram, o saguão estava brilhantemente iluminado; a lareira ardia em toda sua capacidade; e ali naquele aposento toda criadagem da casa, homens e mulheres, se amontoava como um rebanho de ovelhas. Ao avistar Mr. Utterson, a governanta começou a soluçar histericamente, e a cozinheira correu como se fosse abraçar-se com ele, gritando:

— Abençoado seja Deus! É Mr. Utterson!

— O que é isso, estão todos aqui? — disse o advogado, num tom ranzinza. — Isso é muito irregular, muito inconveniente. Seu patrão não vai gostar nem um pouco.

— Estão com medo — disse Poole.

Seguiu-se um silêncio total; ninguém protestou, apenas a governanta começou a chorar cada vez mais alto.

— Controle-se — disse-lhe Poole, e o tom de ferocidade na sua voz mostrava que ele próprio estava a ponto de ter uma crise de nervos. Quando a mulher começou a lamentar-se, os criados, em sobressalto, foram se encaminhando para a porta interna, com uma expressão de aterrorizada expectativa.

— E agora — disse o mordomo, dirigindo-se ao copeiro — traga-me uma vela e vamos esclarecer logo este assunto.

Pedindo a Mr. Utterson que o acompanhasse, ele seguiu na frente rumo aos aposentos no fundo da casa.

— Muito bem, senhor — disse ele —, procure não fazer barulho. Quero que escute, e que ele não ouça sua presença. E preste atenção, senhor, se por acaso ele lhe pedir para entrar, não atenda.

Os nervos de Mr. Utterson, diante deste pedido inesperado, produziram um estremecimento que quase o desequilibrou; mas ele recompôs sua coragem e seguiu o mordomo até o laboratório, através do anfiteatro cirúrgico, por entre as pilhas de caixas e de frascos de vidro, até o pé da escada. Ali, Poole lhe fez um sinal para que se detivesse e ficasse à escuta enquanto ele próprio, pousando a vela e fazendo um visível esforço de vontade, subiu os degraus e bateu, com mão insegura, no tecido vermelho que forrava a porta do escritório.

— Mr. Utterson está aqui, senhor, e pede para vê-lo — disse ele elevando a voz, e enquanto o fazia repetiu energicamente o gesto para que o advogado apurasse os ouvidos.

Uma voz respondeu de dentro, num tom lamentoso:

— Diga-lhe que não posso ver ninguém.

— Obrigado, senhor — disse Poole, e havia como que uma nota de triunfo em sua voz; pegando novamente a vela, ele conduziu Mr. Utterson de volta através do pátio interno, até a enorme cozinha, onde o fogo estava apagado e insetos minúsculos se arrastavam pelo piso.

— Senhor — disse Poole olhando Mr. Utterson nos olhos —, aquela era a voz do meu patrão?

— Parece muito mudada — replicou o advogado, muito pálido, mas encarando o outro sem titubear.

— Mudada? Oh, claro, acho que sim — disse o mordomo. — Será que eu, que trabalho há vinte anos na casa de um homem, poderia me enganar quanto à voz dele? Não, senhor; meu patrão desapareceu. Alguém deu sumiço nele há cerca de uma semana, quando o ouvimos gritar chamando pelo nome de Deus; e *quem* está lá dentro em seu lugar, e *por que* fica lá dentro, é algo que ofende aos céus, Mr. Utterson!

— Esta é uma história estranha, Poole, uma história das mais medonhas, amigo — disse Mr. Utterson, mordendo a junta do dedo. — Suponhamos que tudo aconteceu como você imagina; suponhamos que o Dr. Jekyll tenha sido, digamos, assassinado; por que motivo o assassino teria permanecido lá dentro? Não, a história não se sustenta; não parece nada razoável.

— Bem, Mr. Utterson, o senhor é um homem difícil de satisfazer, mas farei o possível — disse Poole. — Durante toda a semana passada, o senhor deve saber, ele, ou quem quer que esteja trancado naquele aposento, tem chorado dia e noite implorando por um certo tipo de remédio, e não consegue produzi-lo da maneira que deseja. Às vezes ele tinha o hábito, estou me referindo ao meu patrão, de escrever seus pedidos numa folha de papel e jogá-la na escada. Foi este o único contato que tivemos com ele durante esta semana; nada mais senão recados escritos num papel e uma porta trancada. As refeições têm de ser deixadas na porta para que ele as leve para dentro quando não há ninguém olhando. Pois bem, senhor, todos os dias, e às vezes duas ou três vezes durante um só dia têm aparecido esses recados, cheios de reclamações, e lá vou eu voando para todos os farmacêuticos da cidade. Cada vez que trago uma substância surge outro papel dizendo-me para devolvê-la, porque não é pura, e outro pedido endereçado a outra farmácia. Ele precisa demais dessa droga, senhor, seja ela o que for.

— Guardou algum desses papéis? — perguntou Mr. Utterson.

Poole remexeu no bolso e entregou-lhe uma nota amarfanhada, que o advogado, inclinando-se mais para perto da vela, examinou detidamente. O texto dizia:

"O Dr. Jekyll apresenta seus cumprimentos aos Srs. Maw. Ele garante que a última amostra enviada é impura e não pode ser utilizada para o seu propósito. No ano de 18..., o Dr. J. adquiriu uma grande quantidade dessa substância a V.Sas. Agora, ele lhes pede encarecidamente que procurem com o máximo cuidado, e, no caso de ainda lhes restar alguma quantidade com o mesmo nível de pureza, que a enviem imediatamente. O preço é uma questão irrelevante. A importância desta droga para o Dr. J. é fundamental."

Até este ponto o bilhete exibia uma relativa compostura, mas então, com um rabisco desordenado da pena, o homem que a escrevera demonstrava a perda do controle emocional, e completava: “Pelo amor de Deus, consigam-me um pouco daquela substância anterior!”.

— É um bilhete muito estranho — disse Mr. Utterson. E de repente: — Como essa nota voltou às suas mãos?

— O homem em Maw ficou muito irritado, senhor, e a jogou de volta para mim como se fosse algo sujo.

— Esta é sem dúvida a letra do doutor, não acha? — disse o advogado.

— Achei-a parecida — disse o criado com mau humor; e então, noutro tom de voz: — Mas que diferença faz a caligrafia? Eu o vi!

— Viu-o? — repetiu Mr. Utterson. — E então?

— Isso mesmo! — disse Poole. — Aconteceu assim. Eu entrei de repente no anfiteatro, vindo do pátio interno. Acho que ele tinha saído para procurar a substância, ou por qualquer outra razão; porque a porta do escritório estava aberta, e ele estava no lado oposto, remexendo nas caixas. Ergueu os olhos quando me viu entrar, deu uma espécie de grito, e subiu as escadas correndo, trancando-se no escritório. Vi-o apenas durante um minuto, mas meu cabelo arrepiou-se todo. Senhor, se aquele era o meu patrão, por que motivo tinha uma máscara cobrindo o rosto? Se era meu patrão, por que guinchou como um rato, e fugiu de mim? Fui seu criado durante muito tempo. E agora... — o homem calou-se e passou a mão sobre o rosto.

— Estas circunstâncias são todas muito estranhas — disse Mr. Utterson —, mas acho que começo a enxergar um pouco de luz. Seu patrão, Poole, está claramente sendo vítima de uma dessas enfermidades que ao mesmo tempo deformam e fazem sofrer o doente; daí, pelo que posso supor, a alteração na sua voz; daí a máscara e sua insistência em evitar os amigos; daí seu desespero em encontrar essa droga, na qual sua pobre alma deposita suas últimas esperanças de recuperação. Queira Deus que ele não se engane! Esta é minha explicação; algo muito triste, Poole, e difícil de acreditar; mas algo simples e natural, que faz sentido, e que nos afasta de temores mais exagerados.

— Senhor — disse o mordomo, cuja palidez se acentuava ao contrastar com manchas escuras em seu rosto —, aquela coisa não era o meu patrão, e esta é toda a verdade. Meu patrão — e olhando em volta ele começou a sussurrar — é um homem alto, de boa compleição, e aquele era quase um anão.

Utterson tentou protestar, mas ele prosseguiu:

— Senhor, acha que não conheço meu patrão depois de vinte anos? Acha que não sei onde sua cabeça alcança junto à porta do escritório, onde o vi todas as manhãs de minha vida? Não, senhor, aquela coisa sob a máscara nunca foi o Dr. Jekyll. Deus sabe do que se trata, mas o Dr. Jekyll é que não é; e acredito de coração que ocorreu um crime aqui.

— Poole — replicou o advogado —, se você diz isso, tenho a obrigação de verificar. Por mais que eu deseje poupar sofrimento ao seu patrão, por mais que eu esteja perplexo diante desse bilhete, que parece provar que ele está vivo, considero que minha obrigação é arrombar aquela porta.

— Ah, Mr. Utterson, assim é que se fala! — exclamou o mordomo.

— E agora vem a segunda questão — prosseguiu Utterson. — Quem vai fazê-lo?

— Ora, senhor, nós dois — foi a destemida resposta.

— Disse muito bem — tornou o advogado —, e aconteça o que acontecer, é meu dever garantir que nenhuma culpa recaia sobre você.

— No anfiteatro há um machado — continuou Poole — e o senhor pode utilizar um dos atiçadores que há na cozinha.

O advogado foi buscar aquele rude mas maciço instrumento, e o sopesou nas mãos.

— Sabe, Poole — disse ele, encarando o outro —, que eu e você estamos a ponto de nos colocarmos numa posição muito arriscada?

— É possível, senhor, sem nenhuma dúvida — retornou o mordomo.

— Então o melhor é falarmos com franqueza — disse o outro. — Nós dois temos na mente algo mais do que dissemos em voz alta; vamos ser totalmente francos. O indivíduo mascarado que você viu... chegou a reconhecer quem era ele?

— Bem, senhor, aconteceu tão rápido, e a criatura estava tão encurvada, que não me atrevo a jurar — foi a resposta. — Mas se o senhor está me perguntando se era Mr. Hyde, bem, sim, acho que era ele! Veja bem, era do mesmo tamanho, e tinha também um passo rápido, leve; além do mais, que outra pessoa poderia ter entrado pela porta do laboratório? Lembra-se decerto, senhor, que na época daquele assassinato ele ainda tinha consigo uma chave? Mas isso não é tudo. Não sei se já encontrou esse Mr. Hyde alguma vez, Mr. Utterson.

— Sim — disse o advogado. — Conversei com ele, uma vez.

— Então deve saber tanto quanto o resto de nós que existe algo de esquisito naquele cavalheiro, algo que incomoda um ser humano... Não sei exatamente como me expressar, senhor, a não ser assim: que ele nos faz sentir um gelo bem na medula.

— Confesso que senti algo como o que você descreve — disse Mr. Utterson.

— Pois assim é, senhor — disse Poole. — Bem, quando aquela criatura mascarada saltou como um macaco por entre os aparelhos de química e sumiu dentro do escritório, foi como se minha espinha tivesse virado gelo. Oh, sei que isso não constitui uma prova, Mr. Utterson; tenho leitura bastante para ter consciência disso; mas um homem tem seu modo de sentir as coisas, e dou-lhe minha palavra, sobre a Bíblia, de que aquele era Mr. Hyde!

— Ai, ai — disse o advogado. — Meus receios me inclinam a pensar da mesma forma. Temo que o mal tenha criado a ligação entre aqueles dois, e dessa ligação somente o mal poderá advir. Sim, creio no que me diz; creio que o pobre Harry foi assassinado; e creio que seu assassino, sabe Deus com que propósito, ainda está escondido no escritório da vítima. Bem, vingança é o nosso nome a partir de agora! Chame Bradshaw.

O lacaio atendeu prontamente, muito pálido e nervoso.

— Recomponha-se, Bradshaw — disse o advogado. — Este suspense, eu sei, está exigindo muito de vocês todos; mas a nossa intenção é justamente acabar com ele. Eu e Poole vamos forçar a entrada no escritório. Se tudo correr bem, tenho condições de assumir toda a responsabilidade por isso. Enquanto isso, para que nada nos pegue desprevenidos, ou algum criminoso tente nos escapar, quero que você e outro dos criados rodeiem o quarteirão, armados de bastões, e fiquem de vigia junto à porta externa do laboratório. Dou-lhes dez minutos para que estejam lá a postos.

Quando Bradshaw saiu, o advogado olhou o relógio.

— E agora, Poole, é a nossa vez.

Colocando o atiçador de ferro embaixo do braço, ele partiu na direção do pátio interno. Nuvens encobriam a lua, e a noite estava escura. O vento, que naquele recesso interior dos prédios batia apenas em sopros ocasionais, fazia tremular a chama da vela enquanto eles caminhavam, até que entraram no anfiteatro, onde se sentaram em silêncio e à espera. Sentiam à sua volta o murmúrio profundo de Londres, mas ali, perto de onde estavam, o silêncio era interrompido apenas pelo ruído de passos caminhando de um lado para o outro, por trás da porta do escritório.

— Caminha assim o dia inteiro, senhor; — sussurrou Poole — ah, e durante a maior parte da noite. Só se interrompe quando chega alguma encomenda do farmacêutico. Ah, só uma consciência má torna-se assim tão inimiga do repouso! Ah, senhor, com certeza é o sangue derramado que motiva cada um desses passos! Mas preste atenção, chegue mais perto... escute bem, Mr. Utterson, e diga-me... este é o passo do doutor?

Os passos eram leves e peculiares, com um certo ritmo, mesmo com o homem caminhando devagar; sem dúvida era diferente do passo pesado de Henry Jekyll, que fazia estalar o assoalho. Utterson suspirou.

— Há mais alguma coisa? — perguntou.

Poole assentiu com a cabeça.

— Sim, uma vez — disse. — Uma vez eu o ouvi chorar.

— Chorar? Como é possível? — disse o advogado, experimentando um novo calafrio de horror.

— Chorar como uma mulher, ou como uma alma penada — disse o mordomo. — Afastei-me daqui com esse peso no coração, e quase chorei também.

Os dez minutos se esgotaram. Poole foi buscar o machado, que estava embaixo de um monte de palha junto às embalagens; a vela foi colocada sobre a mesa mais próxima, para iluminar a arremetida dos dois; e eles se aproximaram, prendendo a respiração, daquela porta por trás da qual os passos incansáveis continuavam a ir e voltar, ir e voltar, no silêncio da noite.

— Jekyll! — gritou Utterson, com voz possante. — Preciso vê-lo e exijo que me receba. — Fez uma pausa, mas não houve resposta. — Estou lhe avisando com lealdade. Estamos cheios de suspeitas e preciso conversar com você de qualquer maneira — prosseguiu ele —; se não for por bem, será por mal; se não for com o seu consentimento, será pela força bruta!

— Utterson — disse uma voz lá de dentro —, pelo amor de Deus, tenha misericórdia!

— Ah! Essa não é a voz de Jekyll, é a voz de Hyde! — gritou Utterson. — Vamos botar a porta abaixo, Poole!

Poole alçou o machado por cima do ombro e desferiu um golpe que abalou a casa inteira, fazendo a porta forrada de vermelho sacudir-se nos trincos e nas dobradiças. Um grito gutural, de mero terror animalesco, soou dentro do escritório. O machado voltou a se erguer, e mais uma vez a porta rachou e os caixilhos estremeceram; foram quatro golpes poderosos, mas a madeira era maciça e as junturas eram de excelente qualidade; não foi senão no quinto golpe que a fechadura se despedaçou e a porta se abateu, arrebentada, tombando sobre o tapete do lado de dentro.

Os arrombadores, atônitos diante do barulho que tinham feito e do silêncio que se seguiu, recuaram, olhando para dentro do aposento. Diante deles via-se o escritório à luz tranquila das lâmpadas, com um bom fogo aceso e faiscando na lareira, a chaleira produzindo uma fita delgada de vapor, uma ou duas gavetas abertas, papéis cuidadosamente arrumados sobre a escrivaninha, e, perto do fogo, uma bandeja com os apetrechos para um chá; alguém poderia dizer que era o mais tranquilo dos aposentos e, se não fosse pelos armários repletos de instrumentos científicos, o mais comum dos aposentos que havia naquela noite em Londres.

E bem no meio dele jazia o corpo de um homem, todo contorcido, e ainda percorrido por espasmos. Os dois se aproximaram na ponta dos pés, viraram-no para cima e se depararam com o rosto de Edward Hyde. O corpo vestia roupas grandes demais para ele, roupas de um tamanho mais adequado ao médico; os músculos de seu rosto ainda se moviam num arremedo de vida, mas a vida já se fora; e pelo vidro estilhaçado que havia em sua mão e o forte cheiro de amêndoas que pairava no ar, Utterson percebeu que estava contemplando o corpo de um homem que matara a si mesmo.

— Chegamos muito tarde — disse ele, com voz soturna — tanto para salvar quanto para punir. Hyde escapou de nós por seus próprios meios; tudo que nos resta a fazer é encontrar o corpo do seu patrão.

A maior parte da casa era ocupada pelo anfiteatro, que preenchia quase todo o andar térreo e era iluminado pelo alto; e pelo escritório, que formava um andar superior a um canto dele, e dava para o pátio externo da rua dos fundos. Havia um corredor ligando o anfiteatro à porta daquele pátio; e o escritório era ligado a ele por uma diferente escada. Havia também um certo número de armários e um porão bastante amplo. Todos estes espaços foram examinados minuciosamente. Para os armários bastava um olhar, pois estavam vazios, e todos, pela poeira que caía das portas ao serem abertos, trancados há muito tempo. O porão, sem dúvida, estava todo atravancado com pedaços de móveis, a maioria deles datando do tempo do cirurgião, proprietário da casa antes de passá-la para o Dr. Jekyll; mas assim que abriram a porta eles perceberam a inutilidade de procurar ali, pela presença de espessas teias de aranha que durante anos tinham sido tecidas na parte interna daquela passagem. Em nenhum outro lugar encontraram traços de Henry Jekyll, morto ou vivo.

Poole bateu forte com os pés nas lajes do corredor.

— Deve estar enterrado aqui — disse ele, examinando os sons produzidos por seus pés.

— Ou pode ter fugido — disse Utterson, virando-se para examinar a porta que dava para a rua de trás. Estava trancada; e, caída sobre as lajes, eles encontraram a chave, já com manchas de ferrugem.

— Não tem a aparência de ter sido usada — observou o advogado.

— Usada! — ecoou Poole. — Não vê que está quebrada, senhor? Como se um homem tivesse pisado nela com força.

— Sim — disse Utterson —, e as fraturas, também, estão enferrujadas. — Os dois homens se entreolharam, com uma expressão de medo.

— Isso está além da minha compreensão, Poole — disse o advogado. — Vamos voltar ao escritório.

Subiram a escada em silêncio, e, ainda dando uma olhada de vez em quando na direção do cadáver, passaram a examinar de modo mais detalhado o aposento. Numa mesa, havia muitos traços de experiências químicas, várias pequenas quantidades de um sal branco colocadas em diferentes frascos de vidro, como se fossem preparativos para uma experiência que o infeliz cientista não chegara a concluir.

— É a mesma droga que ele estava sempre encomendando — disse Poole; e no momento em que falava a chaleira começou a ferver e a transbordar.

Isso conduziu os dois para perto do fogo, onde uma poltrona havia sido colocada cuidadosamente, tendo ao lado o serviço de chá devidamente posto, com o açúcar já colocado na xícara. Havia uma estante cheia de livros; um deles estava aberto ao lado da bandeja, e Utterson ficou perplexo ao descobrir que se tratava de uma obra religiosa pela qual Jekyll tinha manifestado mais de uma vez sua estima; o livro estava coberto de anotações, com a letra do médico, com surpreendentes blasfêmias.

Em seguida, no curso do seu exame, os dois se aproximaram do grande espelho, que contemplaram com involuntário horror. Mas o espelho, que era montado sobre gonzos de modo a girar verticalmente sobre si próprio, estava apontado para o teto, mostrando nada mais do que o brilho rosado das chamas bruxuleando no teto, as mil cintilações criadas pelo fogo ao longo dos armários envidraçados, e os seus próprios rostos, pálidos e temerosos, debruçando-se para olhar.

— Este espelho deve ter visto algumas coisas estranhas, senhor — sussurrou Poole.

— E com certeza nenhuma mais estranha do que ele próprio — respondeu o advogado no mesmo tom. — Senão vejamos, por que motivo Jekyll... — ele se interrompeu com um sobressalto ao dizer esta palavra, mas logo se recompôs desta fraqueza — ...para que Jekyll precisaria dele aqui?

— Bem observado — disse Poole.

Voltaram-se então para a escrivaninha. Por entre os papéis cuidadosamente arrumados sobre ela, destacava-se um grande envelope, que ostentava, na caligrafia do doutor, o nome de Mr. Utterson. O advogado o abriu, e algumas folhas de papel caíram no chão. A primeira era um testamento, nos mesmos termos excêntricos daquele que Utterson devolvera ao doutor seis meses antes; exprimia a vontade do signatário sobre o destino dos seus bens em caso de morte ou desaparecimento; mas no lugar do nome de Edward Hyde, o advogado leu, para seu indescritível pasmo, o nome de Gabriel John Utterson. Ele olhou para Poole, olhou de novo para o papel, e por fim para o cadáver do delinquente estendido sobre o tapete.

— Minha cabeça está girando — disse. — Hyde ficou trancado neste aposento vários dias; não tinha nenhum motivo para simpatizar comigo; deve ter ficado furioso quando foi deserdado, e ainda assim não destruiu este documento.

Ele pegou em seguida o próximo documento; era um curto bilhete com a letra do doutor, e tendo na primeira linha a data daquele mesmo dia.

— Poole! — exclamou o advogado. — Ele ainda estava vivo, e aqui neste local, hoje! Alguém não poderia fazer sumir o seu corpo num tempo tão curto; ele deve estar vivo, deve ter fugido! E sendo assim, por que fugiu? E como? E neste caso, ousaremos considerar isto um suicídio? Ah, temos que ter muito cuidado. Temo que ainda acabemos envolvendo seu patrão em alguma desgraça sem tamanho.

— Por que não lê logo, senhor? — perguntou Poole.

— Porque estou com medo — disse o advogado solenemente. — Queira Deus que não tenha motivos! — E com isto ele trouxe o papel mais para perto dos olhos e leu:

> MEU CARO UTTERSON. Quando estes documentos caírem em suas mãos, eu terei desaparecido, em circunstâncias que não me é dado antever; mas meu instinto e todos os outros aspectos de minha infeliz condição me dizem que meu fim é certo e não deve demorar. Prossiga; leia primeiro a narrativa feita por Lanyon, o qual me preveniu de que iria colocá-la em suas mãos. E se ainda fizer questão de saber mais, leia a confissão do
>
> Seu indigno e infeliz amigo
> HENRY JEKYLL

— Há um terceiro documento? — perguntou Utterson.

— Aqui, senhor — disse Poole, entregando-lhe um maço de documentos fechado e selado em vários lugares.

O advogado o guardou no bolso, dizendo:

— Prefiro não falar nada a respeito destes papéis. Se o seu patrão está morto ou se fugiu, podemos pelo menos preservar sua reputação. Bem, já passam das dez horas; preciso ir para casa e ler estes documentos com calma; mas voltarei antes da meia-noite, quando chamaremos a polícia.

Saíram e fecharam a porta do anfiteatro atrás de si; e Utterson, deixando os criados mais uma vez aglomerados no saguão, retornou ao seu próprio escritório para ler as duas narrativas que poderiam agora solucionar aquele mistério.

9 A NARRATIVA DO DR. LANYON

No dia 9 de janeiro, ou seja, quatro dias atrás, recebi pelo correio vespertino um envelope registrado, endereçado com a letra do meu velho amigo e colega de estudos, Henry Jekyll. Fiquei bastante surpreso, porque não tínhamos o hábito de nos correspondermos; eu o encontrara, jantara com ele, na verdade, na noite anterior; e não podia imaginar nada em nossas relações que justificasse a chegada de uma comunicação assim tão formal. O conteúdo da missiva aumentou minha perplexidade, porque eis o que dizia ela:

10 de dezembro, 18...[1]

Caro Lanyon:

Você é um dos meus amigos mais antigos, e, embora tenhamos divergido de vez em quando em assuntos científicos, não posso lembrar, pelo menos do meu ponto de vista, nenhuma quebra na nossa afeição. Nunca houve um dia em que, se você me dissesse "Jekyll, minha vida, minha honra, minha razão estão dependendo de uma atitude sua", eu não tivesse sacrificado minha mão esquerda para ajudá-lo. Lanyon: agora, minha vida, minha honra e minha razão estão dependendo de sua misericórdia; se você me faltar esta noite, estou perdido. Você pode

[1] Existe aqui uma aparente incoerência no original de Stevenson. Sabemos que no dia 8 de janeiro Utterson e Lanyon cearam na casa do Dr. Jekyll, onde tudo parecia normal. Somente a partir do dia 12 Jekyll recusou-se a recebê-lo, e na sexta noite (portanto no dia 17) Utterson visitou Lanyon, que a esta altura estava devastado pela revelação do segredo de Jekyll. A carta deste, portanto, deveria ser datada de 9 de janeiro, conforme o próprio Lanyon deixa claro na primeira linha, e não 10 de dezembro.

imaginar, após esta introdução, que irei lhe pedir um favor que implica em desonra de sua parte. Julgue por você mesmo.

Peço-lhe que adie todos os compromissos que tiver para esta noite, mesmo que tenha sido convocado à cabeceira de um imperador! Pegue um cabriolé, a menos que sua charrete já esteja pronta diante da porta; e, com esta carta em seu poder para o caso de precisar consultá-la, venha direto para minha casa. Poole, meu mordomo, já recebeu minhas instruções; você o encontrará à sua espera, tendo consigo um serralheiro. Vocês deverão arrombar a porta do meu escritório; você deverá entrar nele, sozinho; deve abrir o armário envidraçado marcado com a letra E, do lado esquerdo, quebrando o cadeado, se for o caso, e retirar dali, com todo o seu conteúdo, do jeito que se encontra, a quarta gaveta a contar de cima para baixo ou (o que dá no mesmo) a terceira de baixo para cima. Tenho um receio mórbido de me equivocar nestas instruções, mas, mesmo que eu me equivoque, você saberá que é a gaveta certa pelo que ela contém: alguns preparados em pó, um frasco e um caderno de notas. Peço-lhe que retire essa gaveta e a leve de volta consigo para sua casa em Cavendish Square, exatamente como ela se encontra.

Esta é a primeira parte de sua tarefa; agora vamos à segunda. Você deve estar de volta a sua casa (caso entre em ação imediatamente após o recebimento desta) bem antes da meia-noite; mas eu lhe darei esta margem de segurança, não apenas por conta de algum desses obstáculos que não podem ser evitados nem previstos, mas porque para a conclusão desta missão é preferível um horário em que seus criados já tenham se recolhido. À meia-noite, então, peço-lhe que esteja a sós na sala que lhe serve de consultório, para permitir ali a entrada de um homem que irá se apresentar como meu enviado, e passar às mãos dele a gaveta que você trouxe do meu escritório. Feito isso, você terá cumprido seu papel e merece toda a minha gratidão. Cinco minutos depois, caso você precise de uma explicação, poderá compreender por que motivo essas medidas são de importância vital; e que negligenciar qualquer uma delas, por mais fantásticas que pareçam, implicará em colocar sobre sua consciência o peso da minha morte ou do naufrágio da minha razão.

Embora confie que você não irá tratar com leviandade este meu apelo, meu coração afunda e minha mão treme ao pensar na simples possibilidade de que isso aconteça. Pense em mim, nesta hora, num lugar estranho, debatendo-me no negror de um desespero que nenhuma imaginação é capaz de exagerar, e ainda assim cônscio de que, se você atender meu pedido com exatidão, meus problemas desaparecerão como uma história que chega ao seu fim. Ajude-me, meu caro Lanyon, e salve

seu amigo

H.J.

PS — Já havia selado esta carta quando uma ideia encheu novamente de terror a minha alma. É possível que o correio se atrase por algum motivo, e que esta carta não chegue às suas mãos senão amanhã de manhã. Neste caso, caro amigo, execute a tarefa na hora que lhe for mais conveniente no transcurso do dia; e, mais uma vez, fique à espera do meu mensageiro por volta da meia-noite. Talvez já seja então tarde demais; e se essa noite transcorrer sem que nada aconteça, você saberá que nunca mais irá pôr os olhos em Henry Jekyll.

Ao concluir a leitura desta carta, tive certeza de que meu colega se encontrava insano; mas enquanto isto não pudesse ser provado sem possibilidade de dúvida, senti-me obrigado a proceder como ele me pedia. Quanto menos eu soubesse a respeito dessa confusão, menos estaria em condições de avaliar sua importância; e um pedido feito naqueles termos não podia ser posto de lado sem acarretar com isso uma grave responsabilidade. Assim, ergui-me da mesa, chamei um cabriolé e fui direto para a casa de Jekyll. O mordomo estava à minha espera; tinha recebido pelo correio, como eu, uma carta registrada contendo instruções, e imediatamente mandara chamar um serralheiro e um carpinteiro. Os dois chegaram enquanto conversávamos, e nos encaminhamos todos para o velho anfiteatro cirúrgico do Dr. Denman, que é (como você sem dúvida sabe) o acesso preferencial ao escritório de Jekyll.

A porta era muito resistente, o cadeado era dos mais fortes; o carpinteiro nos avisou que iria ter muito trabalho e causar grandes avarias, se tivéssemos mesmo que entrar ali pela força; e o serralheiro estava quase desesperado. Mas este último era um sujeito habilidoso, e depois de duas horas de esforço a porta foi aberta. O armário com a letra E estava destrancado; retirei a gaveta, preenchi seu conteúdo com palha, envolvi-a num pano, bem amarrado, e trouxe-a comigo para Cavendish Square.

Uma vez aqui, passei a examinar o que a gaveta continha. Os preparados em pó estavam acondicionados corretamente, mas não com os cuidados característicos de um farmacêutico profissional, e isto para mim deixava claro que tinham sido produzidos pelo próprio Jekyll. Quando abri um dos pacotinhos, tudo que vi foi um sal cristalino de cor branca. O frasco, para o qual logo dirigi minha atenção, estava cheio pela metade de um líquido vermelho, cor de sangue, de cheiro pungente e que me pareceu conter fósforo, além de um tipo de éter volátil. Quanto aos seus outros ingredientes não faço ideia do que fossem. O livro era uma espécie comum de caderneta escolar em branco, para anotações, e continha apenas uma série de datas. Estas cobriam um período de muitos anos, mas observei que a lista se interrompia, de maneira abrupta, em torno de um ano atrás. Aqui e ali havia uma curta observação junto a alguma data, em geral não mais do que uma palavra, "duplo", ocorrendo talvez seis vezes num total de várias centenas de registros; e, apenas uma vez, bem no começo da lista, seguido por vários pontos de exclamação, o comentário "fracasso total!!!". Tudo isso, embora aguçasse minha curiosidade, pouco me esclareceu. Ali estava um frasco com uma substância qualquer, e os registros de uma série de experiências que não tinham conduzido (como tantas outras experiências de Jekyll) a qualquer resultado prático. Como poderia a presença daqueles itens em minha casa afetar a honra, a sanidade mental e a própria vida de meu volúvel amigo? Se o tal mensageiro podia ir até um local, por que não podia ir ao outro? E mesmo admitindo a existência de um obstáculo qualquer, por que esse cavalheiro tinha que ser recebido por mim sob completo segredo? Quanto mais eu refletia mais me convencia de que se tratava de um caso de doença mental; e embora eu desse ordens aos meus criados para que se recolhessem, coloquei algumas balas num velho revólver, para que em caso de necessidade eu tivesse como me defender.

Mal havia soado a meia-noite em Londres quando a aldraba soou de leve à minha porta. Fui abrir pessoalmente, e me deparei com um homem baixinho, encolhido junto às pilastras do pórtico.

— Foi o Dr. Jekyll quem o enviou? — perguntei.

Ele respondeu que sim com um gesto contraído, e, quando o convidei a entrar, não me atendeu sem antes olhar por sobre o ombro para a praça, que estava envolta na escuridão. Havia um policial não muito longe, avançando com a lanterna acesa, e tive a impressão de que ao avistá-lo o meu visitante teve um sobressalto e apressou-se a entrar.

Estes detalhes chamaram minha atenção, confesso, de maneira desagradável; e quando o acompanhei até o meu consultório, que estava com todas as luzes acesas, mantive minha mão na arma, dentro do bolso. Lá dentro, pelo menos, tive a possibilidade de examiná-lo melhor. Nunca o vira antes, disso tive certeza. Era um homem pequeno, como já falei; tive um outro choque ao observar a expressão do seu rosto, que tinha uma notável combinação de grande atividade muscular e uma aparente debilidade de constituição; e, por último, mas não o menos importante, percebi o estranho desconforto íntimo que me produzia a sua proximidade. Esse desconforto assemelhava-se um pouco a uma rigidez muscular, e era acompanhado por uma desaceleração do pulso. Naquela hora, eu o atribuí a algum tipo de aversão instintiva e pessoal, e me admirei apenas diante da intensidade dos sintomas; mas desde então tive motivos para crer que as causas estão localizadas em algo mais profundo na natureza humana, e estão ligadas a um aspecto mais nobre do que a mera noção de ódio.

Essa pessoa (que até então, desde o momento em que chegara, tinha me despertado o que só posso descrever como uma curiosidade repulsiva) vestia-se de uma maneira que teria provocado hilaridade, se fosse em uma pessoa comum; ou seja, suas roupas, embora fossem de um tecido caro, eram grandes demais para ele sob todos os aspectos — as calças eram muito frouxas e tinham a barra enrolada para cima, para não arrastar no chão; a cintura do casaco caía-lhe abaixo dos quadris, e o colarinho se espalhava sobre os ombros. É estranho dizê-lo, mas aquele arranjo ridículo estava longe de me provocar risadas. Na verdade, uma vez que existia algo de anormal e desabonador na própria essência da criatura que agora me encarava, algo que me invadia, me assustava e me provocava revolta, aquela disparidade imprevista parecia se encaixar nessa impressão e reforçá-la; e assim somava-se, ao meu interesse quanto à natureza e ao caráter daquele indivíduo, uma curiosidade quanto à sua origem, sua vida, suas posses e sua situação social.

Estas impressões, embora precisem ser tão longamente descritas, impuseram-se ao meu espírito numa questão de segundos. Meu visitante estava, sem dúvida, tomado de uma excitação ameaçadora.

— Conseguiu? — exclamou ele. — Conseguiu?

Tal era sua impaciência que ele chegou a agarrar meu braço e sacudi-lo. Afastei-o de mim, enquanto sentia como resultado do seu toque uma pontada gélida se espalhar pelo meu sangue.

— Venha, cavalheiro — falei. — Esquece-se de que ainda não tive o prazer de nos apresentarmos. Por favor, sente-se.

Dei-lhe o exemplo acomodando-me na minha cadeira, procurando seguir meu comportamento habitual ao receber um paciente, tanto quanto me era possível visto o adiantado da hora, a natureza de minhas preocupações e o horror que o visitante despertava em mim.

— Peço desculpas, Dr. Lanyon — respondeu ele, com bastante cortesia. — O que diz é mais do que razoável, e minha impaciência acabou tomando a frente da minha polidez. Venho aqui a pedido do seu colega, Dr. Henry Jekyll, para tratar de um assunto de certa importância; e pelo quem compreendi... — Ele fez uma pausa, levou a mão à garganta, e pude perceber que, a despeito do controle que mantinha sobre seus gestos, estava a ponto de ter um ataque histérico.[2] — Pelo que compreendi, há uma gaveta...

A essa altura apiedei-me da angústia do meu visitante, e cedi talvez à minha própria curiosidade.

— Aqui está ela, senhor — falei, apontando a gaveta, que estava no chão, por trás de uma mesa, e ainda coberta pelo lençol.

[2] A medicina dos tempos vitorianos via a histeria como uma doença nervosa que tinha início na garganta.

Ele deu um salto naquela direção, mas logo se deteve, com a mão pousada sobre o coração; ouvi seus dentes rangendo com o movimento convulsivo de suas mandíbulas, e seu rosto estava tão lívido que cheguei a temer pela sua vida e pela sua razão.

— Controle-se — pedi.

Ele me endereçou um sorriso tenebroso, e com um gesto brusco que indicava seu desespero, arrancou o lençol. Ao ver o conteúdo da gaveta, soltou um soluço de tamanho alívio que me quedei petrificado. No instante seguinte, com uma voz que parecia prestes a fugir-lhe ao controle, perguntou:

— Tem um tubo de ensaio graduado?

Ergui-me da cadeira com algum esforço e fui buscar o que ele me pedira.

Ele me agradeceu com um aceno e um sorriso, derramou no tubo uma pequena quantidade do líquido vermelho, e despejou ali um dos preparados em pó. À medida que os cristais se dissolviam, o líquido foi tomando uma cor mais clara, enquanto se elevava dele uma audível efervescência e um pouco de vapor. De repente essa ebulição cessou por completo, enquanto assumia uma tonalidade de púrpura escuro, que foi aos poucos mudando para um verde aquoso. Meu visitante, que observava essas metamorfoses com olho atento, sorriu, pousou o tubo sobre a mesa, e então virou-se para me encarar com um olhar inquisitivo.

— E agora — disse ele — vamos para o desfecho. O senhor será sensato? Terá juízo? Aceitará que eu tome este frasco em minhas mãos e vá embora de sua casa sem mais delongas? Ou será que é dominado pela avidez da curiosidade? Pense bem antes de responder, porque farei o que me disser. Depois de tomar sua decisão, poderá continuar tal como era antes: nem mais rico nem mais sábio, a não ser que a sensação de um serviço prestado a um homem em desespero mortal possa ser considerada uma forma de enriquecimento da alma. Ou, se assim escolher, poderá abrir para si próprio uma nova fronteira do conhecimento e novas avenidas que o conduzirão à fama e ao poder, aqui mesmo, neste aposento, neste instante; porque seus olhos contemplarão um prodígio capaz de abalar a descrença do próprio Satã.

— Cavalheiro! — exclamei, aparentando uma calma que estava longe de sentir. — O senhor fala por enigmas, e não deve se admirar de que eu o escute sem excesso de credulidade. Mas já avancei demais ao longo de uma situação tão inexplicável para deter-me antes de ver o fim.

— Então muito bem — disse o meu visitante. — Lanyon, lembre-se do seu juramento: o que vai acontecer agora está protegido pelo segredo da nossa profissão. E agora, você, que sempre foi apegado a uma visão do tipo mais estreito e materialista, você que negava as virtudes da medicina transcendental, você que sempre zombou dos que lhe eram superiores... contemple!

Ele pôs o frasco nos lábios e sorveu seu conteúdo com um único gole. Ouviu-se um grito; o homem oscilou, cambaleou, e agarrou-se à mesa para manter-se de pé, olhando-me com olhos esbugalhados, e a boca aberta, arquejante; e enquanto eu o observava julguei perceber uma mudança — ele pareceu inchar — seu rosto escureceu e suas feições pareceram derreter-se, alterar-se, e no momento seguinte eu tinha ficado de pé e dado um pulo para trás, de encontro à parede, com os braços erguidos para me proteger daquele prodígio, e minha mente engolfada pelo terror.

— Oh meu Deus! — gritei, e outra vez, e mais outra; porque ali, diante dos meus olhos, pálido e trêmulo, quase desmaiado, e tateando diante de si com mãos incertas, como um homem arrancado à morte, ali estava Henry Jekyll!

O que ele me contou durante a hora seguinte eu não me atrevo a passar para o papel. Vi o que vi, ouvi o que ouvi, e isto envenenou minha alma; e ainda assim, agora, depois que aquela visão se esvaiu dos meus olhos, pergunto a mim mesmo se acredito no que vi, e não consigo responder. Minha vida está abalada até as mais fundas raízes; não consigo mais dormir; a todas as horas do dia ou da noite sou acompanhado pelo terror mais mortal; sinto que estou com os dias contados, e que não tardarei a morrer; e ainda assim morrerei sem acreditar. Quanto às torpezas morais que aquele homem, mesmo com lágrimas de penitência, me revelou, não posso sequer pensar nelas sem um estremecimento de horror. Direi apenas uma coisa, Utterson, e esta (se você conseguir acreditar em mim) será mais do que suficiente. A criatura que deslizou para dentro de minha casa naquela noite era, pela confissão do próprio Jekyll, conhecida pelo nome de Hyde e estava sendo caçada nos quatro cantos deste país pelo assassinato de Carew.

HASTIE LANYON.

10 A CONFISSÃO COMPLETA DO DR. JEKYLL

Nasci no ano de 18..., numa família de grande fortuna, dotado de talentos consideráveis, com uma tendência natural para o trabalho, afeiçoado ao respeito dos meus concidadãos mais sábios e de melhor caráter, e deste modo, como é fácil supor, com todas as garantias de um futuro honrado e brilhante. E no entanto o meu defeito mais grave era uma certa impaciência para desfrutar os prazeres da vida, algo que trouxe a felicidade a muitos, mas que me foi difícil conciliar com minha firme vontade de caminhar de cabeça erguida e de apresentar ao mundo uma imagem mais respeitável que a da maioria dos homens. O que resultou disto foi que passei a dissimular esses meus prazeres; e quando cheguei à idade da razão e comecei a olhar em torno e avaliar meu progresso e minha posição no mundo, já estava há muito comprometido com essa minha profunda duplicidade íntima. Muitos homens poderiam até vangloriar-se dessas irregularidades das quais eu me sentia culpado, mas, em função dos altos parâmetros que eu tinha estabelecido para mim mesmo, tive que encará-los e escondê-los com uma sensação quase mórbida de vergonha. Foi, portanto, a natureza exigente das minhas aspirações, mais do que qualquer degradação específica decorrente dos meus defeitos, que me fez ser aquilo em que me tornei, e, criando uma divisão ainda mais profunda do que na maioria dos homens, afastou de mim a parte sã e a parte doentia que dividem e formam a natureza dual do ser humano. No meu caso, eu era levado a meditar profunda e reiteradamente sobre a dura lei da vida que está na raiz de todas as religiões e que é uma das fontes mais intensas de desassossego. Embora mantendo essa dupla face, eu não era de modo algum um hipócrita; ambos os lados do meu ser eram extremamente sinceros; eu não era mais eu mesmo quando abandonava o autocontrole e me entregava à depravação do que quando trabalhava, à luz do dia, para aumentar o conhecimento humano ou para aliviar a dor e o sofrimento alheios. E quis a sorte que o rumo dos meus estudos científicos, dirigidos para tudo que é místico e transcendental, acabasse lançando uma poderosa luz nesta minha consciência sobre a eterna guerra entre os elementos que me compõem. A cada dia, e de ambos os lados da minha inteligência, o lado moral e o lado intelectual, eu me aproximava mais dessa verdade, cuja descoberta parcial me conduziu à presente catástrofe: a descoberta de que o homem na verdade não é um, mas dois. Digo dois, porque o presente estado dos meus conhecimentos não vai além desse ponto. Outros me seguirão, outros irão me ultrapassar nesse caminho; e eu arrisco a suposição de que o homem acabará sendo reconhecido como uma assembleia de inquilinos múltiplos, incongruentes e autônomos. Eu, de minha parte, pela própria natureza da minha vida, avancei inexoravelmente em uma direção, e apenas uma. Foi pelo lado moral, e na minha própria pessoa, que aprendi a reconhecer a profunda e primitiva dualidade do homem; percebi que, das duas naturezas que se digladiavam no campo da minha consciência, mesmo que eu pudesse me identificar com qualquer uma delas, era apenas porque eu era radicalmente as duas; e desde muito cedo, antes mesmo de que o curso das minhas descobertas científicas tivesse começado a sugerir a possibilidade nítida de um tal milagre, eu já aprendera a meditar com deleite, como num devaneio prazeroso, na possibilidade de separação desses elementos. Se cada um deles (eu dizia a mim mesmo) pudesse ficar alojado numa diferente identidade, a vida ficaria livre de tudo que nos é insuportável; o injusto iria numa direção, libertado das aspirações e dos remorsos de seu gêmeo mais íntegro; e o justo poderia trilhar à vontade e com segurança o seu caminho ascendente, praticando as boas ações que lhe dão prazer, agora sem se ver exposto à desgraça e à penitência pelas ações desse mal que lhe é estranho. A maldição que caiu sobre a humanidade foi que esses feixes de incongruências acabassem sendo amarrados uns aos outros, de tal modo que no ventre torturado de nossa consciência esses gêmeos opostos estejam em perpétua luta. Como, então, foi possível separá-los?

Eu estava neste ponto de minhas reflexões quando, como já falei, uma luz lateral começou a brilhar sobre o meu objeto de estudos, na mesa do laboratório. Comecei a perceber, mais profundamente do que alguém jamais afirmou fazê-lo, a trêmula imaterialidade, a transitoriedade de névoa deste corpo aparentemente tão sólido que nos serve de vestimenta. Descobri certos agentes químicos capazes de abalar e arrancar das raízes esta nossa roupagem de carne e osso, tal como uma ventania arrebata uma tenda. Por dois bons motivos não descerei a muitos detalhes científicos da minha confissão. Primeiro, porque aprendi às minhas próprias custas que a desgraça e o fardo da existência estão pousados para sempre nos nossos ombros, e quando tentamos nos ver livres deles o seu peso volta a nos oprimir com uma pressão inaudita e ainda mais terrível. Segundo, porque, como minha narrativa tornará bastante claro, ai de mim! — minhas descobertas ficaram incompletas. Basta-me dizer, portanto, que não apenas percebi que meu corpo material não passava da simples aura e refulgência de certas forças que constituem meu espírito, como também consegui sintetizar uma droga através da qual essas forças perdiam sua supremacia, e uma segunda forma, ou aparência física, era capaz de surgir, um outro corpo que não me era menos natural, por ser ele a expressão fiel dos elementos mais inferiores de minha alma.

Hesitei muito antes de submeter minha teoria ao teste da prática. Sabia que estava correndo um perigo mortal; porque qualquer droga capaz de controlar e abalar de forma tão violenta a própria fortaleza da nossa identidade, poderia, por alguma mínima diferença, produzir uma overdose, ou, por qualquer inadequação no momento da experiência, destruir por completo o tabernáculo imaterial que era meu propósito alterar. Eu já havia há muito tempo preparado a minha tintura; comprei de uma vez só, a uma empresa de ingredientes químicos por atacado, uma grande quantidade de um sal específico que eu sabia, pelas minhas experiências, ser o último ingrediente necessário; e, na madrugada de uma noite para sempre maldita, misturei estes elementos, vi-os fervilhar e fumaçar juntos no frasco, e, quando a ebulição amainou, com um estranho impulso de coragem bebi toda a poção.

Seguiram-se as dores mais excruciantes, um rangido nos ossos, uma náusea mortal, e na minha alma um horror que não pode ser excedido, seja no instante do nascimento ou no da morte. Aos poucos essas agonias foram se atenuando, e voltei a mim, como quem desperta de uma grave doença. Havia algo de estranho nas minhas sensações, algo indescritivelmente novo e, por sua própria novidade, incrivelmente prazeroso. Eu me sentia mais jovem, mais leve, mais feliz em meu próprio corpo; e experimentava uma inquietação inebriante, uma corrente desordenada de imagens sensuais, canalizadas numa torrente poderosa em minha imaginação, junto a uma dissolução da noção de dever, uma liberdade desconhecida, mas não inocente, de todo o meu espírito. Percebi de imediato, com o primeiro sopro daquela nova vida, que agora era mais perverso, dez vezes mais perverso, vendido como um escravo à minha própria maldade; e este pensamento me arrebatou e me embriagou como se fosse vinho. Estendi as mãos, exultante com o frescor daquelas novas sensações; e com esse gesto percebi de súbito que tinha diminuído em estatura.

Não havia espelho no aposento, naquela época; este que agora está diante de mim enquanto escrevo foi trazido para cá bem depois, com o propósito de acompanhar estas transformações. A noite, porém, já avançava madrugada adentro, e a madrugada estava pronta para ceder a vez ao dia; os criados da minha casa estavam profundamente mergulhados no sono; e, arrebatado de esperanças e triunfo, arrisquei-me a ir, na minha nova forma, até o meu quarto de dormir. Cruzei o pátio, sob o olhar das constelações, e pensei, com espanto, que eu era a primeira criatura desta espécie que elas chegaram a contemplar em sua vigília insone; entrei furtivamente pelos corredores, um estranho em minha própria casa, e chegando ao quarto vi pela primeira vez a aparência de Edward Hyde.

Devo falar aqui de um ponto de vista apenas teórico, afirmando não o que de fato sei, mas o que suponho ser mais provável. O lado mau da minha natureza, para o qual eu acabava de transferir o poder de produzir a própria imagem, era menos robusto e menos desenvolvido do que o lado bom, do qual eu acabara de retirar o poder. Do mesmo modo, no transcorrer de minha vida, que tinha sido, apesar de tudo, em noventa por cento uma vida de esforço, virtude e autocontrole, ele tinha sido muito menos exercitado e muito menos desgastado. Daí, creio eu, o fato de que Edward Hyde era bastante menor, mais leve e mais jovem do que Henry Jekyll. E assim como o bem reluzia na fisionomia de um, o mal estava escrito de modo claro e inequívoco no rosto do outro. O mal, além disso (que eu ainda creio ser o lado letal de todo ser humano), imprimira sobre aquele corpo uma aura de deformação e de decadência. E no entanto quando eu contemplava aquele feio ídolo no espelho, não experimentava nenhum tipo de repugnância, e sim um impulso de boas-vindas. Porque aquele, também, era eu mesmo. Parecia-me natural e humano. Aos meus olhos encarnava uma imagem mais vívida do meu espírito, parecia-me mais precisa e mais única do que a aparência imperfeita e dividida que eu até então me acostumara a considerar minha. E neste aspecto eu estava certo, sem dúvida. Vim a perceber que quando eu assumia a aparência de Hyde, ninguém era capaz de se aproximar de mim sem experimentar uma visível repulsa física. Isto, imagino, se devia ao fato de que todos os seres humanos que conhecemos são um misto do bem e do mal: e Edward Hyde era o único nas fileiras da humanidade a ser feito do mal em estado puro.

Demorei-me alguns momentos diante do espelho; a segunda e conclusiva experiência ainda tinha que ser tentada; eu ainda não podia saber se perdera minha identidade para além de qualquer esperança de redenção, e se deveria fugir, antes da alvorada, daquela casa que não era mais minha; correndo de volta ao escritório, preparei e bebi mais um frasco da poção, sofri mais uma vez as dores terríveis da dissolução, e voltei a mim novamente com o caráter, a estatura e o rosto do Dr. Jekyll.

Naquela noite cheguei à encruzilhada fatal. Se tivesse empreendido a minha descoberta com espírito mais nobre, se tivesse me arriscado naquela experiência quando sob a influência de aspirações generosas ou piedosas, tudo poderia ter sido diferente, e, daquelas agonias tão intensas quanto as da morte e do nascimento, eu poderia ter emergido como um anjo, ao invés de um demônio. A ação da droga não discriminava; não era em si diabólica nem divina; ela apenas arrombava as portas da prisão da minha vontade; e como os cativos de Filipos, aquele que estava mais pronto foi o primeiro a fugir.[1] Naquele momento minha virtude cochilava; minha maldade, mantida desperta pela minha ambição, estava alerta e pronta para aproveitar a ocasião; e a criatura que foi projetada foi Edward Hyde. Daí que, embora eu tivesse agora duas personalidades, bem como duas aparências, uma delas era totalmente maligna, e a outra era ainda o velho Henry Jekyll, aquele misto incongruente que eu já perdera as esperanças de mudar e aperfeiçoar. O movimento ocorrido, portanto, foi totalmente para o pior.

Mesmo naquela época eu não tinha vencido por completo minha aversão à austeridade de uma vida dedicada ao estudo. Sentia-me muitas vezes ansioso para me divertir; e como os meus prazeres eram prazeres inconfessáveis, para dizer o mínimo, e eu era não apenas um homem muito conhecido e

[1] Alusão a um episódio da Bíblia em Atos 16:26.

considerado, mas aproximando-me da idade madura, essa incoerência em minha vida era-me especialmente incômoda. Foi por este ângulo que meu novo poder exerceu sua tentação até me transformar em seu escravo. Eu precisava apenas beber um frasco, abandonar o corpo do famoso professor e assumir, como se fosse uma espessa capa, a aparência de Edward Hyde. Sorri àquela ideia; naquele momento me pareceu engraçada; e comecei meus preparativos com o maior cuidado. Aluguei e mobiliei aquela casa no Soho, até onde a polícia seguiu o rastro de Hyde; e coloquei como governanta uma mulher que eu sabia ser discreta e inescrupulosa. Por outro lado, anunciei aos meus criados que um tal Mr. Hyde (que descrevi) devia ter livre acesso e toda liberdade em minha casa situada em frente à praça, e, para evitar qualquer mal-entendido, por algumas vezes fiz este meu segundo personagem circular ali até se tornar uma presença familiar. Em seguida, redigi aquele testamento contra o qual você ergueu tantas objeções, de modo que, se algo me acontecesse quando na pessoa do Dr. Jekyll, eu poderia assumir a forma de Edward Hyde e não sofrer nenhum prejuízo financeiro. Com minha posição (imaginei) assegurada desta forma, comecei a me aproveitar das estranhas imunidades que ela me oferecia.

Já houve homens que alugaram bandidos para cometer crimes em seu nome, enquanto sua própria pessoa e reputação permaneciam bem abrigadas. Fui o primeiro a fazer isso para desfrutar prazeres. Fui o primeiro a poder me apresentar diante da opinião pública com uma aparência de simpática respeitabilidade, e um instante depois, como um estudante, despir esse uniforme e mergulhar de cabeça no mar da libertinagem. Mas para mim, no meu disfarce impenetrável, a segurança era completa. Pense nisso: eu nem sequer existia! Precisava apenas voltar para casa pela porta do laboratório, misturar e beber em alguns segundos a poção cujos ingredientes estavam sempre prontos; e, não importa o que tivesse feito, Edward Hyde desaparecia como a mancha deixada pelo hálito no vidro de um espelho; e ali estava, calmamente sentado em casa, afilando o pavio da lâmpada em seu escritório, um homem capaz de dar risadas diante de qualquer suspeita, o Dr. Henry Jekyll.

Os prazeres que eu me apressava a procurar quando sob meu disfarce eram, como já falei, inconfessáveis; não encontro termo mais forte para descrevê-los. Mas nas mãos de Edward Hyde eles logo passaram a ser monstruosos. Quando eu regressava dessas expedições, mergulhava muitas vezes numa espécie de fascínio diante dos meus vícios desfrutados por procuração. Este espírito sobrenatural que eu invocara do interior de minha própria alma, e deixara à solta no mundo para ir em busca de seus prazeres, era um ser inerentemente maligno e vil; todos os seus pensamentos e atos eram voltados para si mesmo; bebia o prazer com avidez bestial ao contemplar as torturas infligidas a outrem; implacável como uma estátua de pedra. Henry Jekyll erguia-se às vezes, revoltado contra os atos de Edward Hyde; mas uma tal situação não podia ser governada pelas leis habituais, e ele se permitia relaxar o aperto sobre a própria consciência. Afinal era Hyde, e somente Hyde, o culpado. Jekyll permanecia o mesmo; ao voltar a si encontrava suas boas qualidades aparentemente intactas; às vezes até se apressava, quando isto era possível, a desfazer o mal causado por Hyde. E assim conseguia fazer com que sua consciência adormecesse.

Não pretendo descrever em detalhes as infâmias das quais fui cúmplice (porque mesmo agora é-me difícil admitir que as cometi eu mesmo); quero apenas indicar os avisos e os sucessivos passos com que meu castigo foi se aproximando aos poucos. Tive um acidente que mencionarei apenas de passagem, pois não trouxe outras consequências. Um ato de crueldade contra uma criança atraiu sobre mim a ira de um transeunte, um homem que reconheci, dias atrás, na pessoa de um parente seu; um médico e a família da garota juntaram-se a ele; a certa altura cheguei a temer por minha vida; finalmente, a fim de acalmar sua justa indignação, Edward Hyde foi forçado a vir com eles até a porta e pagar-lhes com um cheque em nome de Henry Jekyll. Esse perigo foi eliminado em seguida, através da abertura de outra conta bancária em nome do próprio Edward Hyde, e quando, inclinando para trás minha própria caligrafia, dotei meu duplo de uma assinatura, achei que tinha me colocado fora do alcance da mão do destino.

Cerca de dois meses antes do assassinato de Sir Danvers, eu tinha saído para uma das minhas aventuras, tinha voltado para casa tarde da noite, e acordei no dia seguinte na cama com uma sensação um tanto estranha. Em vão olhei ao meu redor; em vão vi a mobília sóbria e as amplas proporções do quarto da minha própria casa em frente à praça; em vão reconheci a estampa das cortinas do leito, sua moldura de mogno; alguma coisa insistia em me dizer que eu não estava de fato ali, que não tinha despertado onde parecia estar, mas no pequeno quarto do Soho onde me acostumara a dormir quando no corpo de Edward Hyde. Sorri para mim mesmo, e, cedendo ao meu hábito de análise psicológica, comecei a examinar preguiçosamente os elementos daquela ilusão, chegando mesmo, enquanto o fazia, a mergulhar num agradável cochilo matinal. Assim estava quando, num dos momentos em que me vi mais desperto, pousei o olhar sobre a minha mão. Ora, a mão de Henry Jekyll (como você notou muitas vezes) era de tamanho e formato adequados à minha profissão: uma mão grande, firme, branca e de boa aparência. Mas a mão que eu via agora, com toda clareza, na luz amarelada de uma manhã londrina, semicerrada sobre as cobertas, era fina, coberta de veias, com juntas salientes, a pele com uma palidez doentia e sombreada por tufos de pelos. Era a mão de Edward Hyde.

Devo ter ficado olhando-a por meio minuto, mergulhado, como estava, na estupidez do espanto, até que o terror despertou de vez em meu peito tão súbito e atordoante quanto um estrondar de címbalos; e, saltando da cama, corri para diante do espelho. Diante da imagem que surgiu a meus olhos, meu sangue transformou-se em alguma outra coisa, rala e gélida. Sim, eu tinha ido para a cama como Henry Jekyll, e tinha acordado como Edward Hyde. Como se explica isso?, foi o que me perguntei; e depois, com outro sobressalto de terror: Como isto pode ser remediado? Já estávamos no meio da manhã; os criados já estavam de pé; todas as minhas drogas estavam em meu escritório — um longo trajeto que implicava em descer duas escadas, cruzar a passagem dos fundos, atravessar o pátio interno e entrar no anfiteatro anatômico; tudo muito distante de onde eu me encontrava agora, paralisado pelo terror. Eu poderia sem dúvida encobrir meu rosto, mas de que isto me adiantaria, se não podia esconder a alteração na minha estatura? E então, com uma poderosa e doce sensação de alívio, lembrei-me de que os criados já estavam acostumados às idas e vindas do meu segundo Eu. Vesti-me rapidamente, tanto quanto pude, em roupas conformes à minha altura; atravessei a casa, onde Bradshaw me avistou e recuou ao ver Mr. Hyde àquela hora e em trajes tão improvisados; e dez minutos depois o Dr. Jekyll tinha reassumido sua própria aparência e sentava à mesa, com o rosto sombrio, fingindo tomar o café da manhã.

Muito pouco era o meu apetite. Este incidente inexplicável, essa reversão de minhas experiências anteriores, me parecia, como o dedo babilônico que escrevia na parede,[2] estar gravando as letras da minha sentença, e comecei a refletir, com mais seriedade do que nunca, nos problemas e nas possibilidades da minha dupla existência. Aquela parte de mim mesmo que eu tinha o poder de projetar externamente tinha nos últimos tempos sido muito exercitada e fortalecida; parecia-me ultimamente que o corpo de Edward Hyde tinha crescido em estatura, como se (quando eu assumia sua forma) eu sentisse nele uma energia acima do normal; e passei então a entrever o risco de que, caso isto se prolongasse, o equilíbrio da minha natureza fosse permanentemente comprometido, meu poder de metamorfose

[2] Alusão a um episódio da Bíblia, em Daniel 5:5 e 5:23.

voluntária ficasse ameaçado, e a pessoa de Edward Hyde viesse a predominar. O poder da droga não tinha se manifestado sempre com a mesma intensidade. Uma vez, bem cedo na história das minhas experiências, tinha me falhado por completo; desde então eu fora forçado, mais de uma vez, a duplicar, e uma vez, com enorme risco de vida, a triplicar sua quantidade; e essas incertezas tinham projetado a única sombra que pairava sobre minha satisfação. Agora, no entanto, e à luz do incidente daquela manhã, eu me sentia propenso a admitir que, enquanto no começo minha maior dificuldade fora modificar o corpo de Jekyll, essa dificuldade estava se invertendo. Tudo àquela altura parecia indicar que eu estava perdendo o contato com o meu Eu original e de bom caráter, e sendo gradualmente incorporado pela minha segunda e pior versão.

Senti que teria agora de escolher entre elas. Minhas duas naturezas tinham uma memória em comum, mas todas as outras faculdades eram compartilhadas entre elas de forma desigual. Jekyll (que era uma personalidade mista) ora demonstrava sensibilidade e apreensão, ora um prazer ávido em se projetar nos prazeres e nas aventuras de Hyde; mas Hyde era indiferente a Jekyll, ou talvez só pensasse nele como um bandoleiro das montanhas pensa na caverna que lhe serve de esconderijo. Jekyll tinha mais do que as preocupações de um pai; Hyde tinha menos do que a indiferença de um filho. Optar por Jekyll seria morrer para sempre para aqueles apetites nos quais eu me deleitava em segredo e que ultimamente tinham se tornado indispensáveis. Optar por Hyde seria morrer para mil interesses e aspirações, e me tornar, de um só golpe e para sempre, alguém desprezado e sem amigos. A comparação pode parecer desigual; mas havia ainda outra consideração a ser pesada na balança; porque enquanto Jekyll iria sofrer lucidamente a dor da abstinência, Hyde nem sequer teria consciência do quanto perdera. Por mais estranhas que fossem as circunstâncias em que eu me via, os termos daquele dilema eram tão antigos e tão corriqueiros quanto o ser humano; são os mesmos argumentos e receios que decidem a sorte de todo pecador que cai em tentação; e sucedeu comigo, como sucede com a maioria dos meus semelhantes, que acabei por escolher a minha metade melhor, somente para depois ver-me sem forças para sustentá-la.

Sim, preferi continuar a ser o médico maduro e insatisfeito, cercado de amigos e alimentando esperanças honestas; e dei um resoluto adeus à minha liberdade, à minha relativa juventude, ao passo ágil, aos impulsos vigorosos e aos prazeres secretos, a tudo que eu desfrutara quando sob o disfarce de Hyde. Fiz esta escolha, talvez, com algumas ressalvas inconscientes, porque mantive a casa no Soho e não destruí as roupas de Edward Hyde, que continuaram à minha disposição no escritório. Durante dois meses, no entanto, fui fiel à minha determinação; durante dois meses levei uma vida de austeridade como jamais o fizera, e desfrutei das recompensas de uma consciência em paz. Mas o tempo foi obliterando aos poucos a urgência do meu alarme; os elogios da minha consciência tornaram-se matéria de rotina; comecei a ser torturado por impulsos e ânsias, como se Hyde estivesse se debatendo para voltar à liberdade; e por fim, num momento de fraqueza moral, voltei a misturar e a ingerir a poção transformadora.

Imagino que, quando um ébrio medita consigo mesmo sobre o seu vício, talvez uma vez entre quinhentas ele tenha consciência dos perigos a que se expõe através de sua brutal insensibilidade física; do mesmo modo, eu também, depois de tomada minha decisão, não me dei conta da completa insensibilidade moral e da insensata propensão à crueldade que eram as características principais de Edward Hyde. E foram justamente estas que trouxeram minha punição. Meu demônio tinha sido encarcerado por muito tempo, e emergiu rugindo. Eu tinha consciência, no momento mesmo em que bebia a poção, de estar experimentando uma inclinação mais irrefreada e mais furiosa para a prática do mal. Deve ter sido isto, suponho, que despertou em minha alma aquela tempestade de impaciência com que escutei as civilidades da minha infeliz vítima; declaro, pelo menos, diante de Deus, que nenhum homem moralmente são podia ser culpado de um tal crime por motivo tão fútil; e que agi com um espírito tão pouco razoável quanto o de uma criança que despedaça um brinquedo. Mas eu me despira voluntariamente de todos aqueles instintos de equilíbrio com que mesmo os piores dentre nós continuam a caminhar com firmeza mesmo cercados de tentações; e no meu caso, ser tentado, ainda que da forma mais leve, era sinônimo de cair.

Bastou um instante para que aquele espírito infernal despertasse em mim, cheio de fúria. Com um arrebatamento de júbilo, maltratei o corpo indefeso da minha vítima, deliciando-me com cada pancada; e não foi senão quando o cansaço começou a me dominar que, de repente, no auge do meu delírio, senti no coração um aperto gelado de terror. Foi como se uma névoa se dissipasse; vi que minha vida havia sido comprometida por aquele ato; fugi do local em que praticara aqueles excessos, ao mesmo tempo jubiloso e trêmulo de medo, com minha sede de maldade satisfeita e estimulada, e meu amor pela vida encerrado num caixão onde o último prego acabava de ser batido. Corri para a casa do Soho e, para maior segurança, destruí meus papéis; depois parti pelas ruas ainda iluminadas pelos lampiões, com a mente dividida e em êxtase, deliciando-me com o meu crime, devaneando sobre outros que cometeria no futuro, e ao mesmo tempo apressando o passo e olhando por sobre o ombro, temeroso de que a vingança viesse ao meu encalço. Hyde cantarolava uma canção quando preparou a poção transformadora e, quando a bebeu, brindou ao homem que acabara de matar. As dores da transformação mal tinham acabado de flagelar seu corpo quando Henry Jekyll, com o rosto banhado em lágrimas de gratidão e remorso, caía de joelhos e erguia as mãos para Deus. O seu véu de autocomplacência tinha sido rasgado de cima abaixo. Vi a minha vida por inteiro: acompanhei-a desde os dias da infância, quando eu caminhara segurando a mão do meu pai, e através de toda a abnegação e sacrifícios de minha vida profissional, até chegar, vezes seguidas, com o mesmo sentimento de irrealidade, aos horrores malditos daquela noite. Quase cheguei a gritar, mas procurei, com lágrimas e preces, conter aquela torrente horrível de imagens e sons com que minha memória me martirizava; e ainda assim, entre uma e outra súplica, minha alma tinha de contemplar a face tenebrosa da minha iniquidade. Quando a dor aguda do remorso começou a amainar, foi substituída por uma sensação de alegria. O problema da minha conduta estava resolvido. De agora em diante Hyde não era mais possível; quisesse ou não, eu estava agora confinado à parte mais nobre da minha existência, e, ah! que júbilo isto me causava! Com que pressurosa humildade passei a assumir as restrições da minha vida diária! Com que renúncia sincera tranquei a porta por onde tantas vezes tinha entrado e saído, e parti aquela chave sob o salto da minha bota!

No dia seguinte, os jornais revelaram que o crime fora presenciado por uma testemunha, que a culpa de Hyde era conhecida por todos, e que a vítima era um homem público altamente considerado. Não tinha sido apenas um crime, mas uma trágica imprudência. Acho que fiquei contente em saber disto; alegrei-me de ter os meus melhores impulsos a salvo, protegidos pelo medo do cadafalso. Jekyll era agora minha cidadela de refúgio, porque se Hyde entremostrasse seu rosto por um só instante as mãos de todos os homens estavam prontas para agarrá-lo e fazer-lhe justiça.

Tomei a decisão de fazer com que minha conduta dali em diante servisse para me redimir do meu passado; e posso afirmar honestamente que minha resolução deu bons frutos. Você tem conhecimento do quanto, nos últimos meses do ano passado, eu me dediquei a trabalhos para aliviar o sofrimento alheio; sabe que fiz muito por meus semelhantes, e que os meus dias se passaram de maneira tranquila e quase poderia dizer feliz. Também não posso dizer que me cansei dessa existência inocente e altruísta; penso, ao invés disso, que dia a dia me afeiçoava mais a ela; mas eu ainda sofria a maldição da minha duplicidade de propósitos; e, quando o gume do meu espírito de penitência foi se embotando, meu lado bestial, que eu alimentara por tanto tempo, e agora mantinha acorrentado, começou a rosnar sua impaciência. Não que eu pensasse, nem por sonhos, em ressuscitar Hyde; essa mera ideia teria me deixado em pânico; não, era em minha própria personalidade que eu me sentia agora impelido a violar minha consciência, e foi como um pecador comum, às escondidas, que finalmente cedi ao assédio da tentação.

Todas as coisas chegam um dia ao seu fim; a mais espaçosa das medidas acaba por ser preenchida, cedo ou tarde; e essa breve concessão à minha própria maldade acabou por destruir o equilíbrio de minha alma. No entanto, isto não me deixou alarmado; a queda pareceu-me natural, como se fosse uma volta aos velhos tempos que antecederam a minha descoberta. Era um dia claro e agradável de janeiro, com o chão ainda úmido nos pontos onde a neve se derretera, mas o céu límpido sobre nossas cabeças; o Regent's Park estava cheio dos gorjeios do inverno e já perfumado pelos aromas da primavera. Sentei-me ao sol, num banco do parque, e o animal que havia em mim deleitava-se lambendo os bocados mais suculentos da memória; meu lado espiritual estava sonolento, prometendo a si mesmo uma penitência subsequente, mas sem muito ânimo para iniciá-la. Afinal de contas, pensei, eu não era muito diferente dos meus vizinhos; e então sorri, comparando-me aos outros homens, comparando minha boa vontade cheia de energia à crueldade preguiçosa de sua indiferença. E no momento exato em que fui tomado por esse pensamento cheio de vanglória, um mal-estar se apoderou de mim, uma horrível náusea acompanhada de violentos tremores. Isto se dissipou daí a algum tempo, deixando-me quase desmaiado; e quando retornei desse desmaio, comecei a perceber uma mudança em minhas emoções e meus pensamentos, uma certa ousadia, um desdém pelo perigo, uma dissolução das amarras da moral. Abaixei os olhos; minhas roupas pendiam frouxas em torno dos membros diminuídos; a mão pousada em meu joelho estava coberta de pelos e de veias salientes. Eu tinha voltado a ser Edward Hyde. Um momento antes eu estava ao abrigo de todo o respeito da humanidade, era rico, era amado; uma mesa estava sendo posta em casa, à minha espera; e agora era a presa caçada por todos os homens, perseguido, sem casa, um assassino notório, cujo destino era a forca.

Minha razão vacilou, mas não me fugiu de todo. Observei mais de uma vez que nessa minha segunda personalidade minhas faculdades pareciam se aguçar ao maior grau e meu espírito se tornava mais adaptável; e assim se deu que, numa circunstância em que Jekyll talvez tivesse sucumbido, Hyde soube se erguer à altura da situação. Minhas drogas estavam guardadas num armário em meu escritório; como me seria possível alcançá-las? Este era o problema que eu, apertando a cabeça entre as mãos, dediquei-me a resolver. A porta do laboratório estava trancada. Se eu tentasse entrar pela porta da frente, meus próprios criados me entregariam ao carrasco. Percebi que precisava usar um intermediário, e pensei em Lanyon. Como poderia entrar em contato com ele? Como persuadi-lo? Mesmo que conseguisse não ser capturado em plena rua, como poderia chegar à presença dele? E como poderia eu, na pele de um visitante desconhecido e repugnante, convencer o doutor a violar o gabinete de trabalho de seu colega, o Dr. Jekyll? Então me veio à mente que, da minha personalidade original, pelo menos um traço eu conservava: podia escrever com a minha própria caligrafia; e uma vez que esta ideia cintilou no meu espírito o meu percurso daí em diante tornou-se claro do princípio ao fim.

Deste modo, compus minhas roupas o melhor que pude, e, chamando um cabriolé que passava, dirigi-me para um hotel em Portland Street, cujo nome me veio à memória. Diante da minha aparência (que era bastante cômica, por mais trágico que fosse o destino que essas vestes revelavam) o cocheiro não escondeu sua zombaria. Rangi os dentes para ele num acesso de fúria demoníaca, e o sorriso se esvaiu do seu rosto, para sua sorte, e para minha sorte ainda maior, porque um instante a mais e eu o teria posto abaixo do seu assento. Chegando ao hotel, encarei o recepcionista com ar tão ameaçador que o fiz estremecer; os empregados não trocaram sequer um olhar na minha presença, mas cumpriram obsequiosamente todas as minhas ordens: levaram-me a um quarto privado, e trouxeram-me material de escrita. Hyde numa situação de perigo era uma criatura nova para mim; trêmulo com uma ira mal controlada, tenso a ponto de cometer um crime, ansioso para infligir dor em alguém. E no entanto a criatura tinha muita astúcia; soube controlar sua fúria com um grande esforço da vontade; redigiu duas cartas, uma para Lanyon e outra para Poole; e, para ter certeza de que tinham sido enviadas, exigiu que fossem registradas. Depois, passou o resto do dia sentado a sós no quarto, ao lado do fogo, roendo as unhas; ali ceou, sentado a sós com seus terrores, vendo o criado encolher-se de medo ao seu olhar; e dali, quando caiu a noite, partiu, refugiando-se no interior de um cabriolé fechado, no qual ficou percorrendo a esmo as ruas da cidade. Digo-o assim: ele, porque não posso dizer "eu". Aquele filho do Inferno nada tinha em si de humano; nada havia de vivo nele senão o medo e o ódio. E quando por fim, percebendo que o cocheiro começava a achá-lo suspeito, ele dispensou o carro e arriscou-se a andar a pé, com aquelas roupas mal ajustadas tornando-o alvo dos olhares dos transeuntes noturnos, essas duas paixões primitivas arderam dentro dele como uma tempestade. Caminhou depressa, acossado por terrores, balbuciando consigo mesmo, desviando-se sorrateiro pelas vielas menos frequentadas, contando os minutos que ainda o separavam da meia-noite. A certa altura uma mulher lhe dirigiu a palavra, oferecendo-lhe à venda, acho, uma caixa de fósforos. Ele a esbofeteou, fazendo-a fugir.

Quando voltei a ser eu mesmo na casa de Lanyon, o horror que contemplei no rosto do meu velho amigo talvez tenha me afetado. Não tenho certeza; para mim era como uma gota d'água no oceano diante do horror que aquelas horas me trazem à lembrança. Uma mudança tinha ocorrido em mim. Já não era mais o medo da forca; o que me atormentava era o medo de voltar a ser Hyde. Ouvi as censuras de Lanyon como que num sonho; e foi como num sonho que regressei a minha própria casa e fui para a cama. Dormi, após o esgotamento produzido por aquele dia, com um sono profundo e tenso, que nem os pesadelos que me assaltaram foram capazes de interromper. Acordei, pela manhã, abalado, enfraquecido, mas aliviado. Ainda me causava ódio e medo o pensamento de ter aquele ser bruto adormecido dentro de mim, e certamente eu não esquecera os perigos espantosos por que passara na véspera; mas estava de novo em minha própria casa, e próximo às minhas drogas; e a gratidão pelo meu salvamento resplandecia com tal intensidade em minha alma que quase chegava a rivalizar com o brilho da esperança.

Eu estava passeando descuidadamente pelo pátio interno, após o café da manhã, quando fui acometido de novo por aquelas sensações indescritíveis que eram o prenúncio da minha metamorfose; e mal tive tempo de me abrigar no escritório, antes de me ver mais uma vez invadido e dominado pelas paixões de Hyde. Tomei nessa ocasião uma dose dupla para voltar a ser eu mesmo, e — ai de mim! — seis horas depois, quando estava tristemente sentado à beira do fogo, as dores voltaram, e tive que tomar a droga outra vez. Em resumo: daquele dia em diante foi apenas com um esforço digno de um ginasta, e somente com a aplicação imediata da droga, que pude retornar à aparência física de Jekyll. A qualquer hora do dia ou da noite eu podia ser tomado por aqueles espasmos premonitórios; e, mais do que tudo, se eu me deixasse adormecer ou pelo menos cochilar alguns instantes em minha poltrona, era sempre na pessoa de Hyde que viria a despertar. Sob a tensão dessa desgraça que se acometia sobre mim, e fatigado pela insônia voluntária a que me condenei, e mais ainda do que eu jamais imaginara ser possível a um homem suportar, eu me tornei, mesmo quando em minha própria aparência, um indivíduo esvaziado e enfraquecido pela febre, debilitado tanto no corpo quanto na mente, e dominado por uma única ideia: o horror do meu outro Eu. Mas quando adormecia, ou quando a droga deixava de produzir efeito, eu me via, quase sem transição (porque as dores da transformação diminuíam dia a dia), possuído por um delírio de imagens aterrorizantes em que minha alma fervia em ódios irracionais, e eu me encontrava num corpo que não me parecia forte o bastante para conter as energias furiosas da vida. As forças de Hyde pareciam ter aumentado proporcionalmente à debilitação de Jekyll. E certamente o ódio que os separava era o mesmo, de parte a parte. Com Jekyll, era uma questão de instinto de sobrevivência. Ele já vira por inteiro a deformidade daquela criatura que com ele compartilhava alguns dos fenômenos da consciência, e que deveria acompanhá-lo até a morte; e, além desses aspectos que compartilhavam, e que por si sós constituíam a parte mais dolorosa de sua aflição, ele pensava em Hyde, apesar de toda a energia vital que o animava, como algo não apenas infernal mas inorgânico. Este era o aspecto mais chocante: que o lodo do fundo de um poço pudesse emitir gritos e palavras; que a poeira amorfa pudesse agir e pecar; que aquilo que não possuía vida nem forma pudesse usurpar as funções da vida. E, também, que esse horror insubordinado estivesse preso a ele de modo mais íntimo que uma esposa, mais próximo do que um olho; que estivesse encarcerado em sua própria carne, onde ele podia ouvi-lo a murmurar em sua luta incessante para vir à luz; que em cada momento de fraqueza, e que na tranquilidade do sono, esse ser prevalecesse sobre sua vontade, e ocupasse o seu lugar entre os vivos. O ódio de Hyde por Jekyll era de outra natureza. O terror do cadafalso o levava continuamente a cometer o suicídio temporário, voltando à sua condição subordinada de ser uma parte ao invés de uma pessoa; mas ele detestava essa necessidade, detestava o abatimento de que Jekyll era vítima, e se ressentia do desagrado com que era visto. Surgiam daí as peças que ele me pregava, rabiscando com minha própria caligrafia blasfêmias nas páginas dos meus livros, queimando cartas, destruindo o retrato do meu pai; e, sem dúvida, se não fosse pelo seu próprio medo da morte, teria há muito tempo arruinado a si mesmo desde que pudesse me arrastar nessa ruína. Mas seu apego à vida era prodigioso; e digo mais: eu, que adoeço e fico gelado à sua simples lembrança, quando recordo a abjeção e a intensidade da nossa ligação, e quando penso no quanto ele teme o meu poder de destruí-lo através do suicídio, consigo encontrar no meu coração forças para apiedar-me dele.

É inútil prolongar esta descrição, e não me resta muito tempo para isto; nenhum ser humano sofreu jamais tormentos semelhantes, e isto me basta; e mesmo para estes sofrimentos, o hábito me trouxe, não o alívio, mas uma certa insensibilidade da alma, uma certa aquiescência ao desespero; e meu castigo poderia ter se prolongado durante anos, não fosse pela derradeira calamidade que se abateu sobre mim, e que finalmente me apartou do meu próprio rosto e da minha própria natureza.

Meu suprimento do sal necessário para a poção, que nunca tinha sido renovado desde a data da primeira experiência, começou a escassear. Encomendei uma nova entrega e fiz o preparado; houve a efervescência do líquido, e deu-se a primeira mudança de cor, mas não a segunda; bebi-a, e não teve efeito algum. Você pode confirmar com Poole que o fiz vasculhar Londres inteira; foi em vão; e agora estou persuadido de que era a minha primeira amostra que era impura, e que foi esta impureza desconhecida que resultou na eficácia da fórmula.

Uma semana se passou, e agora estou encerrando este depoimento sob a influência do que me restou daquele pó. Esta, portanto, é a última vez, salvo ocorra algum milagre, que Henry Jekyll pode ter seus próprios pensamentos ou contemplar o próprio rosto (tão mudado, agora!) no espelho. Não devo me prolongar muito; porque se minha narrativa até agora escapou à destruição foi por uma combinação de enorme prudência e de boa sorte. Se as primeiras agonias da transformação me acometerem enquanto ainda escrevo, Hyde reduzirá este documento a farrapos; mas se decorrer algum tempo depois que eu o colocar em lugar seguro, seu imenso egocentrismo e sua atenção aos problemas mais imediatos poderão salvar estas linhas do seu rancor simiesco. E a verdade é que a desgraça que se avizinha de nós já o deixou mudado e abatido. Daqui a meia hora, quando eu tiver me transformado pela última e definitiva vez nessa odiosa pessoa, sei que estarei sentado na minha poltrona, trêmulo, chorando, ou continuarei, com os ouvidos apurados e à escuta, a andar de um lado para o outro neste aposento, meu derradeiro refúgio na Terra, atento para qualquer som ameaçador. Caberá a Hyde morrer na forca? Ou ele terá coragem de libertar a si mesmo, no derradeiro instante? Somente Deus sabe; eu não me importo mais. Esta é a hora verdadeira da minha morte, e o que acontecerá depois concerne a outro homem, não a mim. Aqui, portanto, no momento em que pouso a pena e começo a selar minha confissão, a vida do desventurado Henry Jekyll chega ao seu fim.

APÊNDICE

"A Chapter on Dreams" foi publicado pela primeira vez em 1892, e é uma reflexão posterior sobre o processo criativo de Stevenson através do sonho, que não ocorreu apenas em Jekyll e Hyde, *mas, como ele deixa claro, em muitas outras histórias suas. O caráter extremamente vívido desses sonhos e a sua duração parecem ser propícios a sua transposição para a literatura. De certo modo, o sonho dispensa o escritor de inventar: no momento em que desperta, a história já está pronta em sua mente, e cabe-lhe apenas o trabalho intelectual e físico de escrevê-la. Este artigo é ainda hoje um dos textos fundamentais para se compreender a relação entre sonho e literatura.*

UM CAPÍTULO SOBRE O SONHO

R.L. Stevenson

O PASSADO possui uma única textura, seja ela fingida ou experimentada, seja vivida em três dimensões ou apenas presenciada naquele pequeno teatro mental que mantemos brilhantemente iluminado durante toda a noite, depois que as luzes se apagam, e a escuridão e o sono reinam, sem serem perturbados, sobre o restante do corpo. Não há uma distinção clara entre as nossas variadas experiências; uma é mais vívida, a outra opaca, uma é agradável, outra é dolorosa à lembrança; mas qual delas constitui o que chamamos verdade, e qual delas é um sonho, é algo de que não temos como prova sequer um fio de cabelo. O passado é algo que se equilibra de modo precário; basta uma mudança ínfima no campo da metafísica para que nos vejamos destituídos dele. São poucas as famílias cujo conhecimento de si mesmas remonta a mais de quatro gerações, mas ainda assim muitas são capazes de alegar direitos sobre algum obscuro título de nobreza, algum castelo, alguma propriedade; uma reivindicação que não poderiam provar diante de um tribunal, mas que lhes gratifica a fantasia e lhes serve de passatempo durante os momentos de ócio. A certeza de um homem sobre seu próprio passado é ainda menos sólida do que essa. Um documento pode vir a ser descoberto (como costuma acontecer nos romances) numa gaveta secreta de uma velha escrivaninha de ébano, e devolver à vossa família honrarias antigas, e restituir à minha a propriedade de uma certa ilhota nas Índias Ocidentais (não longe de St. Kitt's, como uma cara tradição familiar sussurrava aos meus ouvidos) que um dia já foi nossa e agora está em outras mãos, ilhota que aliás (dada a situação atual do mercado do açúcar) já não tem grande valor para quem quer que seja. Não afirmo que reviravoltas dessa natureza se deem com frequência; mas nenhum homem pode afirmar que sejam impossíveis; nosso passado, por outro lado, está perdido para sempre; nossos dias e nossas ações de tempos atrás, a pessoa que fomos, e o próprio mundo em que aqueles fatos ocorreram, tudo se diluiu até tornar-se igual ao tênue resíduo de um sonho que tivemos na noite anterior, algumas imagens descontínuas, e um eco distante nas câmaras do cérebro. Nada somos capazes de resgatar, nem um momento, nem uma sensação, nem um olhar; tudo se perdeu, sem possibilidade de recuperação.

E no entanto imaginemos que fôssemos privados disso que nos resta; que esse delgado fio de memória que se estende atrás de nós se rompesse ao roçar na borda do nosso bolso; como nos veríamos reduzidos à mais nua das nulidades! Porque só nos guiamos, e só nos conhecemos, graças a essas reproduções fantasmagóricas do nosso passado.

Em vista disso, alguns de nós alegam ter vivido vidas mais longas e mais ricas do que as vidas dos seus semelhantes; afirmam que, quando adormecem, continuam em atividade; e entre os tesouros da memória que todos os homens revisitam para seu próprio entretenimento, eles não relegam a segundo plano a colheita dos seus sonhos. Existe um indivíduo desse tipo que observo agora, e cujo caso talvez mereça ser relatado, de tão pouco usual que é. Desde criança ele costumava ter sonhos intensos e desconfortáveis. Quando lhe sobrevinha uma pequena febre à noite, e o quarto parecia dilatar-se e encolher-se, e suas roupas, penduradas num prego, ora se agigantavam até as dimensões de uma igreja, ora se reduziam ao horror de uma infinita distância e infinita pequenez, aquela pobre alma tinha consciência do que iria se seguir, e lutava contra a aproximação daquele sono que era o começo das suas desventuras.

Mas essa sua luta era em vão; cedo ou tarde a feiticeira noturna o agarrava pela garganta e o arrastava, sufocado e aos gritos, para o sono. Seus sonhos eram às vezes bastante comuns, outras vezes estranhos, às vezes quase sem forma; ele se sentia amedrontado, por exemplo, por nada mais que uma certa tonalidade de marrom, que não lhe produzia o mínimo desconforto quando estava desperto, mas que lhe dava medo e repulsa durante o sonho; outras vezes, os sonhos desenhavam-se nos mínimos detalhes e circunstâncias, como certa vez quando ele sonhou que iria ser forçado a engolir o mundo e toda sua população, o que o fez despertar gritando ao terror dessa ideia. Os dois maiores tormentos de sua vida tão limitada — o tormento prático e cotidiano dos seus deveres escolares, e aquele outro, menos palpável e mais profundo, da ideia do inferno e do Juízo Final — foram mais de uma vez fundidos num único pesadelo aterrorizante. Ele se via comparecendo diante do Grande Trono Branco, e recebia, pobre diabo, a ordem de recitar algumas frases das quais dependia seu destino; sua língua se paralisava, sua memória ficava vazia, o inferno se escancarava aos seus pés; e ele despertava, agarrando-se ao varal da cortina do seu leito, com os joelhos colados ao queixo.

Eram péssimas experiências, de um modo geral; e naquela fase da vida esse sonhador a que me refiro abriria mão, de muito bom grado, da sua capacidade de sonhar. Mas aos poucos, à medida que foi crescendo, os gritos e as contorções físicas se atenuaram, ao que parece para sempre; suas visões continuavam a ser terríveis, em sua maioria, mas ele já as suportava com mais firmeza; e ele passou a despertar pela manhã sem nenhum sintoma mais extremo do que um coração palpitante, o couro cabeludo e o corpo banhados em suor frio, e o terror mudo que lhe sobrevinha à meia-noite. Seus sonhos, também, conforme acontece com as memórias mais bem providas de detalhes, tornaram-se mais precisos, e tinham uma certa aparência de continuidade com sua vida. Como o mundo exterior começava a despertar de modo mais intenso a sua atenção, os seus cenários passaram a aparecer com destaque nos seus pensamentos noturnos, tal como ocorria durante as horas de vigília, de modo que ele passou a fazer viagens longas e sem incidentes notáveis durante o sonho, e a visitar cidades estranhas e belas paisagens. E, o que é mais significativo, a estranha predileção que ele tinha pela época Georgiana e por histórias ambientadas naquele período da história inglesa passou a dar o tom dos seus próprios sonhos, de modo que ele costumava disfarçar-se com um chapéu de três bicos e envolver-se em conspirações jacobitas entre a hora de deitar-se e a do café da manhã. Por volta dessa mesma época, ele começou a ler durante o sonho — contos, em sua maior parte; e a maioria deles ao estilo de G.P.R. James,[1] mas contos muito mais vívidos e emocionantes do que os dos livros impressos, a tal ponto que desde então ele passou a ficar insatisfeito com a mera literatura.

E então, quando ele era ainda estudante, ocorreu-lhe um sonho-aventura que ele não faz nenhuma questão de repetir; ele principiou, por assim dizer, a ter sonhos em sequência, e com isto a levar uma vida dupla — uma de dia, outra de noite — uma que ele tinha todos os motivos para crer que fosse a verdadeira, e outra que não tinha meios de provar que era falsa. Faltou-me dizer que ele então estudava, ou fingia estudar, na Universidade de Edinburgh, e foi assim que (supõe-se) vim a conhecê-lo. Bem, na sua vida onírica ele costumava passar um longo dia no anfiteatro cirúrgico, com o coração na boca, os dentes chacoalhando, vendo malformações monstruosas e presenciando a abominável destreza dos cirurgiões. Ao chegar a noite, pesada, enevoada, chuvosa, ele se encaminhava para a South Bridge, virava a esquina em High Street e cruzava a porta de um alto edifício, em cujos andares superiores estava presumivelmente alojado. E a noite inteira, com a roupa molhada de chuva, ele subia as escadas, andar por andar, numa série infinita, e de dois em dois andares uma lâmpada com refletor iluminava o ambiente. A noite inteira ele cruzava com pessoas que desciam sozinhas — mulhe-

[1]George Payne Rainsford James (1799–1860) foi um historiador e ficcionista inglês.

res que mendigavam na rua; trabalhadores corpulentos, cansados, sujos de lama; homens magros como espantalhos; criaturas que pareciam pálidos arremedos de mulheres — mas todas elas sonolentas e fatigadas como ele próprio, e todas a sós, e todas roçando as roupas nas suas ao se cruzarem. No final, através da janela virada para o norte ele começava a ver o céu clarear por sobre o Firth, e ele renunciava a continuar subindo. Ao se virar para descer a escada, num piscar de olhos ele se via de volta à rua, com a roupa ainda molhada, no meio de uma alvorada chuvosa e sinistra, rumo a mais um dia de monstruosidades e operações. O tempo passava mais rápido nessa vida onírica, em que sete horas mais ou menos (ou assim lhe parecia) equivaliam a uma; e, além disso, transcorria de modo mais intenso, de modo que a sensação lúgubre produzida por essas experiências imaginárias nublava todo o seu dia, e ele ainda não tinha sido capaz de libertar-se dessa sombra quando chegava a hora de repetir tudo que se passara. Não sei dizer durante quanto tempo ele foi capaz de suportar essas provações, mas foi o bastante para deixar uma mancha negra em sua memória, e para fazê-lo ir bater, trêmulo de receio pela própria sanidade mental, à porta de um certo médico; de onde uma simples poção foi capaz de restituir-lhe a condição normal de qualquer homem.

Desde então, este pobre cavalheiro não tem sido perturbado por ocorrências desse tipo; na verdade, suas noites passaram a ser por um certo tempo iguais às de qualquer outro indivíduo, às vezes nulas, às vezes consteladas de sonhos, os quais ora eram encantadores, ora decepcionantes, mas, exceto quando ocasionalmente vívidos, nada tinham de extraordinário. Registrarei apenas uma dessas ocasiões, antes de tratar do que faz do meu sonhador um tema interessante.

Ele tinha a impressão de estar no andar superior de uma casa de fazenda situada numa colina. O recinto demonstrava algumas tentativas de decoração: um tapete no chão, um piano, acho, encostado à parede; mas apesar desses pequenos refinamentos ele não tinha dúvida de que se encontrava na região das charnecas, entre os montanheses, em meio a grandes extensões de urzes. Ele olhava pela janela lá para baixo, para o terreno deserto, que parecia estar abandonado há muito tempo.

Um enorme e angustiante torpor parecia pesar sobre o mundo. Não havia sinal de qualquer dos habitantes da fazenda ou mesmo dos animais, salvo por um velho cão *retriever*, de pelo castanho e encaracolado, deitado de encontro à parede, e que parecia cochilar. Algo nesse cão provocou uma certa inquietação no sonhador; um sentimento sem nome, porque o animal parecia bastante comum, e sem dúvida, era tão velho e cansado e sujo e alquebrado que era mais suscetível de inspirar piedade; e no entanto cresceu no homem que sonhava a convicção de que aquilo não era propriamente um cão, mas algum ser infernal. Muitas moscas típicas do verão esvoaçavam zumbindo pelo ambiente, e a certa altura o cão estendeu a pata, colheu uma mosca na palma aberta, levou-a à boca num gesto igual ao de um macaco e, erguendo de súbito o olhar na direção do homem que sonhava, piscou para ele. O sonho prosseguiu, não importa agora como; foi um sonho interessante como os sonhos costumam ser, mas nada do que ocorreu depois pôde se comparar àquele diabólico cachorro castanho. E o ponto mais significativo jaz parcialmente nesse mesmo fato: que, tendo se deparado com um incidente tão extraordinário, o meu imperfeito sonhador se revelasse incapaz de conduzir o sonho até um desfecho adequado, e permitisse que ele acabasse degenerando em ruídos indescritíveis e horrores imprecisos. Hoje, seria bem diferente; ele agora conhece melhor o seu ofício!

Pois, para chegarmos ao cerne da questão: esse honesto indivíduo cultivava de há muito o hábito de adormecer contando histórias para si mesmo, como seu pai o fizera antes dele; mas essas histórias eram invenções sem compromisso, contadas pelo simples prazer de contar, sem nenhuma preocupação com um público pouco perceptivo ou com críticos ultraexigentes; histórias em que uma linha de ação podia ser deixada de lado, ou uma aventura substituída por outra, ao sabor da mera vontade. De modo que as pequenas criaturas que dirigem o teatrinho íntimo da mente não tinham recebido ainda um treinamento muito rigoroso; atuavam ali como crianças que tivessem entrado numa casa e a encontrado deserta, não como atores experientes representando uma peça de verdade perante um oceano de rostos. Mas houve um momento em que esse sonhador começou a usar esse divertimento de contar histórias (como se diz) em benefício próprio, ou seja, começou a escrever e a vender os seus próprios contos. Agora, tanto ele quanto as criaturinhas que executavam parte do seu trabalho viram-se projetados em diferentes circunstâncias. Agora, as histórias precisavam ser desbastadas e polidas até serem capazes de ficar de pé sozinhas; precisavam ter começo e fim, além de poderem se encaixar (de algum modo) às realidades da vida; o prazer, para resumir, transformara-se em negócio; e isto não apenas para o sonhador, mas para as criaturinhas que habitavam seu teatro. Elas compreenderam essa mudança tão bem quanto ele próprio. Quando ele se deitava e fazia seus preparativos para adormecer, já não pensava em divertimento, mas em produzir histórias publicáveis que lhe dessem algum lucro; e assim que começava a cochilar no leito suas criaturinhas entravam em atividade imbuídas dos mesmos propósitos mercantis. Todas as outras formas de sonho o abandonaram, com exceção de duas: ele ainda lê de vez em quando os livros mais encantadores, e ainda visita às vezes os lugares mais deslumbrantes; e é importante registrar que ele retorna a esses lugares, e a um deles em particular, com intervalos de meses ou de anos, descobrindo ali novas veredas nos campos, visitando novos vizinhos, contemplando aquele vale hospitaleiro à luz do meio-dia, ou da aurora, ou do pôr do sol. Mas todos os outros tipos de visão estão perdidos para ele: a mistura comum e desordenada dos acontecimentos do dia, os pesadelos repletos de cabeças sanguinolentas e ossos partidos, que se diz serem produto de torradas com queijo; tudo isso, e suas variantes, desapareceu. E, quase sempre, seja desperto ou adormecido, ele está ocupado — ele e suas criaturinhas — em criar conscientemente histórias visando um mercado. Esse sonhador (como muitas outras pessoas) já se deparou com grandes vicissitudes da sorte. Quando o banco começa a enviar-lhe cobranças e o açougueiro a emboscá-lo junto à entrada de serviço, ele começa a forçar a imaginação em busca de uma história, porque essa é a sua forma mais imediata de ganhar o pão; e no mesmo instante as criaturinhas se mobilizam para ajudá-lo, e trabalham a noite inteira, e toda a noite vêm mostrar-lhe fragmentos de cenas em seu teatro iluminado. Ele não mais teme a ameaça do terror; o coração aos pulos e o suor frio na pele são coisas do passado; agora, as emoções que ele experimenta nesses dramas noturnos são o aplauso, aplauso cada vez maior, um interesse crescente e um entusiasmo crescente com sua própria habilidade (porque ele se atribui todo o crédito), até que ele acorda com um salto, gritando, "É isso! Achei!", interrompendo a peça, como Cláudio, em pleno transcurso. Muitas outras vezes, ele acorda desapontado: dormiu um sono demasiado profundo (é assim que interpreto esses fatos), e a sonolência se apoderou de suas criaturinhas, que interpretaram seus papéis aos tropeções e balbucios; e a peça, examinada agora pela mente desperta, não passa de um tecido de absurdos. E no entanto quantas foram as vezes em que esses incansáveis Brownies[2] lhe prestaram seus honestos serviços, e lhe entregaram, enquanto ele se divertia confortavelmente em seu camarote, histórias melhores do que ele sozinho teria sido capaz de compor.

Eis aqui uma delas, exatamente como lhe foi mostrada. Ao

[2] Os "Brownies" são criaturas do folclore britânico, que recebem uma variedade de nomes na Escócia, Irlanda, Gales etc. São pequenas criaturas com pele marrom e roupas marrons, que eventualmente ajudam nas tarefas caseiras, afeiçoam-se aos membros da família, e recebem pequenos lanches em troca dos seus serviços, embora esse "pagamento" não possa ser feito diretamente (a comida deve apenas ser deixada ao seu alcance).

que parece ele era então o filho de um homem rico e cruel, proprietário de vastas terras e de um temperamento brutal. O sonhador (ou seja, o filho) vivera no exterior durante anos, com o propósito de manter-se afastado do pai; e quando acabou retornando à Inglaterra, foi apenas para encontrá-lo casado, pela segunda vez, com uma esposa jovem, que parecia sofrer terrivelmente e odiar a condição a que estava sujeita. Por causa desse casamento (o sonhador compreendeu, sem muita clareza) era necessário que pai e filho se encontrassem para conversar, mas, como ambos eram orgulhosos e havia rancor de parte a parte, nenhum dos dois tomava a iniciativa de visitar o outro.

Acabaram marcando um encontro, numa área desolada e arenosa à beira-mar; ali tiveram uma altercação, e o filho, ferido por algum insulto intolerável, golpeou mortalmente o pai. Ninguém suspeitou de nada; o corpo foi encontrado e sepultado, e o sonhador viu-se herdeiro de grandes propriedades, e instalou-se sob o mesmo teto em que vivia a viúva de seu pai, à qual nada coubera como herança. Os dois passaram a viver ali sozinhos, como tantas vezes ocorre após uma tragédia: sentavam juntos à mesa, compartilhavam as tardes intermináveis, e aos poucos foram se tornando bons amigos; até que de súbito ele começou a achar que ela estava invadindo uma zona perigosa, que de algum modo suspeitava de sua culpa, que o vigiava e lhe fazia perguntas indiscretas. Ele começou a evitar sua companhia como um homem que recua diante de um precipício subitamente avistado; e no entanto era tão forte a atração que sentia que uma vez e mais outra voltava a ceder à antiga intimidade, até recuar mais uma vez ao se deparar com uma pergunta sugestiva ou uma expressão inexplicável no olhar da mulher. E assim viviam nesse impasse, uma vida cheia de frases interrompidas, de olhares desafiadores e emoções reprimidas; até que, certo dia, ele viu a mulher saindo sorrateiramente de casa, o rosto coberto por um véu, e a seguiu até a estação, e depois a seguiu no mesmo trem até o litoral e a região arenosa onde o crime tinha sido praticado. Ali ela começou a remexer nos arbustos, enquanto ele a observava, deitado no chão; e de repente ela se ergueu segurando algo — não lembro agora o que era, mas tratava-se de uma prova incriminadora contra o filho — e no momento em que deu alguns passos para o lado a fim de examinar melhor o objeto seu pé escorregou, e ela agarrou-se, numa posição perigosa, às plantas da beira do barranco. Não veio à mente dele outra coisa senão pular de onde estava e correr ao seu socorro; e ali os dois se defrontaram, face a face, ela com aquela prova mortal na mão, e a mera presença dele, ali, servindo como confirmação da prova. Era claro que ela ia dizer alguma coisa, mas isso era mais do que ele podia suportar; suportaria com bravura a própria desgraça, mas não era capaz de ouvir o que ela pudesse dizer-lhe; e ele acabou por interrompê-la, falando de algum assunto trivial. De braços dados, os dois voltaram até o trem, falando sobre uma coisa ou outra, fizeram juntos a viagem de volta para casa, sentaram-se para jantar, e passaram o resto da noite na sala, como costumavam fazer no passado. Mas o suspense e o medo faziam bater mais forte o coração do sonhador. "Ela não me denunciou ainda," pensava ele, "mas quando irá fazê-lo? Será amanhã?" Mas não foi no dia seguinte, nem no outro, nem no que veio depois; e a vida dos dois foi se acomodando aos poucos ao formato antigo, com a única diferença de que ela agora parecia mais gentil do que antes, o que tornou ainda mais insuportável para ele o fardo do suspense e do espanto, a tal ponto que ele começou a consumir-se como um homem que tem uma doença grave. Um dia, ele ultrapassou todos os limites da decência, aproveitou uma ocasião em que ela estava fora e revistou por completo o seu quarto, até encontrar por fim, escondida entre as suas joias, a prova maldita. Ele parou ali, segurando nas mãos o objeto, que podia significar sua vida ou sua morte, perplexo com o comportamento inexplicável da mulher, que procurara por aquela prova, encontrara-a, e agora a conservava consigo sem usá-la; nesse instante a porta se abriu e lá estava ela. E assim, pela segunda vez, os dois se defrontaram, olhos nos olhos, com a prova do crime interposta entre eles; e pela segunda vez ela o encarou com uma expressão indefinível; e mais uma vez ele evitou falar no assunto e se retirou. Mas antes de deixar o quarto, que ele tinha revirado por completo, ele colocou de volta a prova do crime no lugar onde a tinha encontrado, e a esse gesto o rosto dela se iluminou.

A próxima coisa que ele ouviu foi quando ela se dirigiu à criada, com uma engenhosa mentira a respeito da desarrumação do aposento. Carne e sangue não eram capazes de aguentar por mais tempo uma tamanha tensão, e acho que foi na manhã seguinte (embora a cronologia do teatro da mente seja sempre um tanto imprecisa) que ele decidiu quebrar o próprio silêncio. Os dois tinham acabado de tomar juntos o café da manhã, numa sala ampla, forrada de tacos, com muitas janelas e pouca mobília; durante todo o transcorrer da refeição ela o havia torturado com alusões veladas; e assim que os criados se retiraram e os dois viram-se sozinhos, ele se pôs de pé com um salto. Ela também se ergueu, com o rosto pálido; pálida o escutou desabafar suas queixas. Por que ela o torturava assim? Ela sabia tudo, sabia que ele não era seu inimigo; por que não o denunciava de uma vez por todas? O que significava aquele comportamento? Por que insistia em torturá-lo? E quando ele finalmente se deu por satisfeito, ela caiu de joelhos, e com as mãos estendidas disse: "Será que você não entende? Eu o amo!".

E nesse instante, com um sobressalto de espanto e de deslumbramento mercantil, o sonhador despertou. Esse deslumbramento mercantil não durou por muito tempo; porque logo ficou claro que nessa história tão cheia de espírito havia elementos que não se adequariam ao mercado; e esta é a razão pela qual ela vai aqui resumida de forma tão breve. Mas sua curiosidade não deixou de crescer, como certamente ocorrerá com a do leitor, se ele considerar o assunto com mais vagar. Pois agora ele sabe por que me refiro àquelas criaturinhas como grandes criadores e atores. Elas souberam manter seu segredo até o fim.

Posso assegurar em nome do homem que sonhou esta história (e tenho excelentes motivos para crer na sua sinceridade) que em momento algum ele suspeitou das motivações da mulher, desse sentimento em torno do qual girou todo o enredo, até o instante em que ela fez essa declaração tão dramática. Porque a história não pertencia a ele, e sim às criaturinhas! E observem: não apenas este segredo foi mantido, mas toda a história foi contada com uma habilidade fora do comum. A direção do casal de atores foi (para usar o jargão desses casos) psicologicamente correta, e a emoção foi manipulada gradativamente até o clímax surpreendente. Agora estou acordado; e conheço bem este ofício; e ainda assim confesso que não poderia fazer melhor. Estou acordado, vivo deste trabalho, e sei que não poderia superar (talvez nem mesmo igualar) esses hábeis artifícios (dignos de velhos artesãos teatrais como Dennery ou Sardou) através dos quais a mesma situação nos é apresentada por duas vezes e os dois atores, por duas vezes, são levados a encarar aquela prova, na primeira vez na mão dela, na segunda vez na dele, e isto na ordem correta, ou seja, vindo primeiro a cena de menor impacto dramático. Quanto mais penso nisto, mais me sinto impelido a propor ao mundo esta pergunta: quem são as criaturinhas? Que têm uma relação estreita com o sonhador, isto está fora de dúvida; elas participam de suas preocupações financeiras e têm sempre um olho em sua caderneta bancária; elas compartilham evidentemente de sua educação; aprenderam, tanto quanto ele, a construir o esquema de uma história bem arquitetada, e a dosar progressivamente a emoção; penso somente que elas demonstram ter mais talento; e uma coisa está fora de dúvida: elas podem contar-lhe uma história, pedaço por pedaço, como um seriado, e mantê-lo o tempo inteiro em completa ignorância sobre o seu final. Quem são elas, então? E quem é esse sonhador?

Bem, com relação ao sonhador, posso dar uma resposta precisa, pois ele não é outro senão eu mesmo, como eu poderia ter-lhes revelado desde o princípio, não fosse pelo hábito dos críticos de se queixarem do meu consistente egoísmo; mas sou forçado a confessá-lo agora, para poder prosseguir com minha narrativa. Quanto às criaturinhas, nada posso dizer além de que eles são os meus Brownies, e Deus os abençoe! — e são eles que fazem metade do meu trabalho enquanto durmo, e, provavelmente, também fazem todo o restante, quando estou desperto e julgo que estou inventando coisas sozinho. A parte que é feita enquanto estou adormecido é produto dos Brownies, quanto a isto não há dúvida; mas a que é produzida enquanto estou desperto e ativo não é necessariamente minha, pois tudo indica que a mão dos Brownies também não está ausente dela. Reside aí uma dúvida que me assalta a consciência. Porque o meu Eu — refiro-me aqui ao meu ego consciente, o habitante da glândula pineal (a menos que ele tenha mudado de residência desde Descartes), o homem dotado de consciência e de uma conta bancária, o homem que usa chapéu e botas, que tem o privilégio de votar e de não eleger seu candidato nas eleições gerais — esse Eu, arrisco-me a supor que ele não é de modo algum um contador de histórias, mas um indivíduo tão pragmático quanto um vendedor de queijos qualquer ou até mesmo um queijo; e um realista, mergulhado até as orelhas no mundo à sua volta; de sorte que, no fim das contas, o conjunto dos meus livros publicados deve ser o produto do trabalho solitário dos meus Brownies, de algum demônio familiar, algum colaborador invisível, que eu mantenho trancafiado em algum quarto dos fundos, enquanto recebo todos os louvores e ele apenas um pequeno pedaço (que não posso deixar de conceder-lhe) do bolo. Sou um excelente conselheiro, um pouco como aquele criado de Molière; sei suprimir, sei recortar, sei revestir o conjunto com as melhores palavras e frases que sou capaz de encontrar e de produzir; sou também o que segura a pena; e sou o que se assenta à mesa, que é de todas as partes a pior; e quando tudo está pronto sou eu que preparo o manuscrito e providencio o seu registro; de modo que, no cômputo geral, tenho certos direitos a reivindicar nos lucros do empreendimento, embora não tantos quanto os que de fato exerço.

Posso dar-lhes um ou dois exemplos da parte deste trabalho que é desenvolvida durante o sono e a que se dá durante o estado de vigília, e deixar a critério do leitor a divisão, entre mim e meus colaboradores, dos méritos que possam existir. Para isto, recorrerei em primeiro lugar a um livro que um certo número de pessoas me fez a gentileza de ler, *O estranho caso do Dr. Jekyll e Mr. Hyde*. Há muito tempo eu tentava escrever uma história sobre aquele tema, tentava encontrar um corpo, um veículo, para aquela poderosa sensação da duplicidade do ser humano, que às vezes se apossa do espírito de toda criatura pensante. Eu já escrevera uma, "O companheiro de viagem", que me foi devolvido pelo editor sob o pretexto de que se tratava de uma obra genial, porém indecente, e que queimei algum tempo atrás por considerar que não era uma obra genial, e que *Jekyll* o havia suplantado.

Sobreveio-me então uma daquelas oscilações financeiras às quais (com elegante modéstia) já me referi na terceira pessoa. Durante dois dias maltratei meu cérebro tentando extrair dele um enredo de qualquer natureza; e na segunda noite sonhei com a cena da janela, e depois com outra cena, dividida em duas, em que Hyde, perseguido por um crime qualquer, bebe a poção e sofre a transformação diante de testemunhas. Todo o restante escrevi desperto, e consciente, embora eu creia perceber nele o traço característico dos meus Brownies. O significado da história pertence portanto a mim, e já existia há muito tempo em meu jardim de Adônis, e tinha tentado em vão encarnar-se neste ou naquele corpo; na verdade, sou o responsável pela maior parte da moralidade do conto, e meus Brownies não têm sequer os rudimentos do que consideramos uma consciência. Também é meu o cenário, e são minhas as personagens. Tudo que me foi dado foi um conjunto de três cenas, e a ideia central de uma mudança voluntária que passa a ser involuntária. Serei acusado de falta de generosidade se, depois de ter elogiado de forma tão liberal os meus colaboradores invisíveis, eu os atirar agora, de pés e mãos atados, na arena dos críticos? Porque o detalhe relativo aos pós e às poções, que muitos censuraram, não é de modo algum meu, afirmo-o com alívio, mas todo fornecido pelos Brownies. E há um outro conto sobre o qual, caso o leitor não tenha ainda lançado os olhos sobre ele, posso dizer algumas palavras: aquela história não muito defensável intitulada "Olalla".

Ali, o pátio, a mãe, o nicho da mãe, Olalla, o quarto de Olalla, os encontros na escada, a janela quebrada, a desagradável cena da mordida, tudo isto me foi dado no conjunto e nos detalhes, enquanto escrevia; e contribuí apenas com o cenário exterior (porque em meu sonho eu nunca ia além do pátio), o retrato, as personagens de Felipe e do padre, a moral, valha ela o que valer, e as derradeiras páginas, ai de mim — com o valor que tenham. E posso dizer também que neste caso a própria moral me foi fornecida; porque ela surgiu imediatamente da comparação entre a mãe e a filha, e do terrível traço de atavismo existente na primeira. Às vezes, um sentido de parábola está inegavelmente presente em um sonho; às vezes não posso deixar de supor que meus Brownies andaram imitando Bunyan, e, no entanto, jamais com aquilo que poderíamos chamar de uma moral livresca, nunca de uma maneira eticamente estreita, mas, ao contrário, fornecendo pistas sobre as limitações da vida, e sobre o sentido que imaginamos perceber ao contemplar os arabescos do tempo e do espaço.

Na maior parte dos casos, como se verá, os meus Brownies são bastante fantásticos, gostam de suas histórias cheias de fogo e de paixão, pitorescas, movimentadas e cheias de incidentes vívidos; e não têm preconceito contra o sobrenatural. Dias atrás, contudo, fizeram-me uma surpresa, distraindo-me com uma história de amor, uma pequena comédia de abril que eu deveria certamente transmitir ao autor de *A Chance Acquaintance*,[3]

[3] Referência a William Dean Howells (1837–1920), escritor norte-americano.

porque ele poderia escrevê-la como ela deveria ser escrita, e estou certo (embora bem possa tentar) de que não sou capaz. Mas quem poderia imaginar que um dos meus Brownies seria capaz de inventar uma história para Mr. Howells?

Frederick William Henry Myers (1843–1901) foi poeta, crítico literário e pesquisador dos fenômenos da mente, tendo sido presidente e um dos fundadores da Society of Psychical Research. Dele, disse William James ter sido um homem formado principalmente nas áreas da literatura e da história, e que veio a se interessar pela poesia e pela religião; e que não foi um filósofo no sentido técnico e específico do termo, mas que se tornou um crítico meticuloso das evidências, um hábil formulador de hipóteses, um neurologista erudito e um leitor onívoro de assuntos biológicos e cosmológicos. Após o lançamento de O estranho caso do Dr. Jekyll e Mr. Hyde, *ele e Stevenson passaram a travar uma calorosa correspondência. Quando Myers leu "Um capítulo sobre o sonho", escreveu novamente a Stevenson uma carta, em 17 de abril de 1887, elogiando aquele texto. A carta a seguir, de Stevenson, foi conservada nos anais da* S.P.R.

“ESSE OUTRO EU, MEU COMPANHEIRO...”
R.L. Stevenson

Fazenda de Vailima, Upoho, Ilhas Samoas

14 de julho de 1892

Caro Dr. Myers,

Gostaria de comunicar-lhe algumas das minhas experiências, que me parecem (por mais ignorante que eu seja) de um certo interesse psicológico.

Tive sempre uma péssima saúde na minha infância, durante a qual sofri de terrores noturnos espantosos. Depois, estes desapareceram, e até os trinta anos deixei de experimentar aqueles fortíssimos ataques de febre em que sentia meu espírito me fugir. Quando aquelas experiências recomeçaram, elas se impuseram a mim com um absoluto frescor, o que talvez explique, a menos que eu seja um indivíduo muito peculiar, a exatidão com que fui capaz de registrá-las.

Experiência A. Durante uma longa enfermidade, em Nice, passei uma noite inteira acordado, em meio a terríveis sofrimentos. Desde o início da noite *uma parte do meu espírito* ficou literalmente obcecada por uma noção tão grotesca e disforme que não consigo descrevê-la de outro modo senão como “uma forma de palavras”. Eu estava convencido de que minha dor estava relacionada a um toroide, ou um rolo de cordas.[1] Em que consistia

[1]Toroide é a forma geométrica que se assemelha a uma rosquinha ou um pneu, um círculo espesso fechado sobre si mesmo e aberto no meio.

ela? Do que se tratava, precisamente? Eu não procurava saber: pensava apenas que se as duas extremidades desse toroide se juntassem, minha dor cessaria. Durante todo esse tempo, com *uma outra parte do meu espírito*, algo que eu me arriscaria a definir como *eu mesmo*, eu estava plenamente consciente do absurdo desta ideia, sabia que ela era indício de uma sanidade mental em perigo, e travava com *meu outro eu* uma luta furiosa. Meu *eu* não tinha outra preocupação senão não permitir que minha mulher, que me velava, tomasse conhecimento desse conflito, e não deixar escapar nenhum alusão a essa alucinação ridícula. *O outro*, por sua vez, estava convencido de que era preciso dizer-lhe tudo, para que ela me ajudasse a unir aquelas duas extremidades. Foi somente antes do amanhecer, creio eu, que a febre (ou o *outro companheiro*) venceu, e eu chamei minha esposa ao meu lado, agarrei-a com força pelos pulsos e, fitando-a com um ar furioso, exclamei: "Por que você não junta essas extremidades, para que minha dor possa passar?!".

Experiência B. Um dia, em Sidney (era uma segunda-feira, creio), fui tomado subitamente por uma febre muito forte. Ao longo da tarde, pus-me a repetir mecanicamente um som, que poderia ser representado pelas letras "mhn", e me surpreendi (detendo-me de imediato) tentando explicar a minha mãe, que estava no aposento vizinho: "É o sinal de que estou começando a delirar, e que preciso resistir desde logo". Depois adormeci e acordei várias vezes seguidas, e passei o resto da noite a repetir uma palavra sem nenhum sentido, da qual não consegui me lembrar na manhã seguinte.

No dia anterior, eu havia lido uma biografia de Swift, e durante o resto da noite uma parte do meu espírito (*"o outro companheiro"*) me assegurou que não era eu quem repetia a palavra daquele modo, mas Swift, durante sua derradeira enfermidade, sobre a qual eu lera naquele livro. A tentação de comentar com outras pessoas este absurdo foi vista por *mim mesmo* com aborrecimento, e desta vez foi esta vontade que prevaleceu, e a enfermeira que estava de guarda ao meu leito, naquela noite, nada entendia sobre Swift ou sobre essa misteriosa palavra, e não entenderia nada que não fosse racional e totalmente a propósito.

Isto é o que eu posso atribuir claramente a uma ou à outra das minhas duas consciências; resta ainda toda uma outra parte dos meus pensamentos, cuja atribuição me parece bem mais delicada. Uma parte do meu espírito louvava sem cessar o gozo transracional daquela palavra, destacando cada sílaba dela, mostrando-me que nenhuma delas era significativa por si mesma, e, portanto, que o seu conjunto exprimia com perfeição a imensa aflição de alguém que ardia em febre e tentava em vão chamar a atenção da enfermeira. Era provavelmente a mesma parte (que imagino ser *"o outro amigo"*) que me fazia comparar essa palavra às palavras "nonsense" de Lewis Carroll, como quem compara as invenções de um cérebro doentio às de um homem de espírito são. Mas era certamente *eu* (e eu num perfeito estado de lucidez) que tentava ao longo daquela noite decorar a tal palavra, repetindo para mim mesmo que ela poderia me ser útil mais tarde, caso num dos meus livros eu precisasse criar um personagem louco. Digo que quem assim pensava era eu, porque o outro amigo acreditava (ou fingia acreditar) que estava lendo um trecho de um livro onde sempre seria possível reencontrá-la, caso fosse necessário.

Experiência C. Na noite, seguinte, o *"outro companheiro"* tinha pronta uma explicação para todo o meu sofrimento, da qual tudo que posso dizer é que tinha alguma coisa a ver com a Marinha, o que era um absurdo total, algo sem pé nem cabeça, e que não podia ser expresso através de palavras. *Eu mesmo* sabia disto, mas não pude me conter, e minha enfermeira teve assim o prazer de me ouvir discursar a respeito da Marinha. Entretanto, meu outro companheiro (ou eu mesmo?) ficou duplamente entediado: primeiro, porque não tinha conseguido tornar sua mensagem compreensível, e depois porque a enfermeira acabou não lhe dando a menor atenção. *O outro companheiro* desejaria ter se explicado de uma maneira mais completa, mas *eu mesmo*, muito chocado por ter sido colocado numa posição tão equívoca, recusei-me a ouvir a explicação.

Nos casos A e C, a ilusão não tinha uma forma definida, mas, mesmo consciente disso, eu sucumbi à tentação de tentar comunicá-la a alguém. No caso B, a ideia era coerente e fui capaz de me controlar. Em outras palavras: minhas "duas consciências" foram menos afetadas no caso B do que nos casos A e C. Talvez não seja sempre assim: pode ser que a autoridade racional do espírito se veja suspensa, mesmo quando a ilusão é coerente: não é precisamente isto a alienação mental?

No caso A, eu estava perfeitamente consciente do fato de estar com a mente desorientada, e de que minhas palavras não faziam nenhum sentido: por isso eu estava tão ansioso para esconder meu estado, e por isso, quando cedi à tentação de falar, meu rosto ficou convulso pela raiva, e cerrei os dedos de modo tão cruel sobre o pulso de minha esposa. Uma atitude tão pouco natural e tão distanciada do meu caráter, resultando de uma ideia que eu mesmo considerava insana e que durante tantas horas tentei dissimular — não é justamente o que acontece com os doentes mentais?

Chamei a uma dessas pessoas "eu" ou "eu mesmo", e à outra "o outro companheiro". Era "eu mesmo" quem falava e se agitava; "o outro companheiro" parecia não ter nenhum controle sobre meu corpo e minha língua, e podia agir somente através de "mim mesmo", sobre o qual exercia, portanto, uma enorme pressão, que acabou derrotada em um caso, e vitoriosa nos outros dois. Sou tentado a crer que conheço "o outro companheiro", e que ele é o sonhador descrito por mim no meu "Capítulo sobre o sonho", ao qual o senhor se refere.

Aqui está, por fim, um sonho, oriundo desse mesmo período, mas desta vez um sonho puro, uma ilusão, eu diria, que desapareceu com a volta do sentido da visão, e não uma dessas ilusões que se prolongam durante o tempo da vigília, quando eu era capaz de falar e de tomar meus remédios. Ele ocorreu um dia depois da experiência B, e antes da experiência C.

Experiência D. Uma tempestade de vento se ergueu no começo da tarde, levantando enormes nuvens de poeira. Meu quarto parecia estar situado sobre uma colina escarpada, e sob o efeito do vento os galhos das árvores se inclinavam todos na mesma direção — de tal modo que o mundo desfilava diante de mim como por uma calha de moinho. Eu nadava em meio àquela confusão, por entre o tumulto e todo aquele movimento, mas sem experimentar nenhuma aflição, o que me deixava ainda mais espantado, porque em circunstâncias normais um vento forte tem sempre um efeito doloroso sobre os meus nervos. Eu tinha acabado de adormecer. Pouco antes estava lendo *A vida de Dryden*, de Scott, e tinha me espantado ao descobrir que Dryden traduzira alguns hinos latinos. Como era possível que eu jamais os tivesse encontrado em nenhuma de suas obras? Quando adormeci, me veio com o sonho a razão pela qual o som do vento e a visão das nuvens de poeira não tinham me assustado. Na verdade não existiam nem o vento nem a poeira, mas apenas Dryden que cantava a sua tradução dos hinos *numa só direção* e todos aqueles que o tinham ofendido ou atacado durante a Revolução os cantavam *na direção oposta*. Este detalhe das duas direções era sem dúvida de uma insanidade total. Na verdade, Dryden estava o tempo inteiro esvoaçando no ar mas sem poder ultrapassar a minha janela, e seus detratores faziam o mesmo, na direção oposta, mas eles também sem poder ultrapassar a janela. Mas o mais curioso é que as "duas direções" se aplicavam também às palavras, e mesmo à música — de uma maneira que me seria difícil explicar.

Era um sonho — e no entanto ele reproduzia exatamente o método de "meu outro companheiro" durante a vigília. Não seria possível, a partir deste ponto, encontrar uma explicação para esses estados do espírito e do corpo, que tantas vezes se veem apanhados nas redes de uma loucura feroz, completa e inexprimível?

Seu sincero
Robert Louis Stevenson

Lloyd Osbourne (1868–1947) foi o filho adotivo de R.L. Stevenson. Tinha doze anos quando sua mãe, Fanny Osbourne (nascida Vandegrift) se casou com o escritor. Os dois vieram a colaborar em várias obras. O depoimento a seguir foi extraído de "Stevenson at thirty-five", texto escrito para a edição de 1924 de O estranho caso do Dr. Jekyll e Mr. Hyde, *a chamada "Edição Tusitala". A tradução foi feita a partir da versão francesa incluída em* Essais sur l'art de la fiction, *editada por Michel LeBris (Payot, 1992).*

QUANDO OCORREU O PESADELO DE MR. HYDE...

Lloyd Osbourne

A saúde dele, é claro, sofria altos e baixos. Havia períodos em que se sentia melhor, e era capaz de passar alguns dias em Londres. Uma vez, chegou a visitar Paris. Outra vez, deteve-se em Dorchester para visitar Thomas Hardy, e dali seguiu até Exeter, onde foi derrubado por uma crise que durou três semanas e quase lhe foi fatal. Mas na maior parte do tempo ele vivia como um prisioneiro em sua própria casa, e não avistava praticamente nada de Skerryvore a não ser seu pequeno jardim. Não se pode fingir que ele não era um inválido, um doente grave! Tinha hemorragias terríveis, e longos períodos durante os quais tinha que ficar imóvel na cama, porque o menor movimento podia provocar derramamento de sangue. Nesses momentos conseguia falar apenas através de sussurros, enquanto que nós, sentados à sua volta, procurávamos distraí-lo — e provavelmente aquele quarto teria se tornado sua câmara funerária se ele não tivesse demonstrado sempre uma força de vontade excepcional.

Como conseguia ele, debilitado a esse ponto, escrever tantos livros, é um dos mistérios da literatura; livros tão fortes, tão cheios de vida que não se consegue imaginá-los brotando do quarto de um doente; livros tão bem construídos, sem uma única quebra de intensidade, que ninguém poderia pensar que sua redação era tantas vezes interrompida, enquanto o seu autor jazia às portas da morte. Os anos passados em Skerryvore foram extremamente produtivos. *O estranho caso do Dr. Jekyll e Mr. Hyde* foi escrito ali, assim como *Raptado!*, "Markheim" e muitos outros entre os seus melhores contos, sem esquecer *A vida de Fleeming Jenkin.*

Certo dia, ele desceu para o café da manhã com um ar preocupado, comeu sem dar muita atenção ao que ocorria em volta — uma atitude quase inacreditável, em se tratando dele — e ao se levantar explicou que estava escrevendo, com ótimos resultados, uma história que tinha lhe ocorrido em sonho, e cuja criação ele não queria interromper ou atrapalhar de modo algum, nem que a casa pegasse fogo.

Durante três dias uma redoma de silêncio envolveu Skerryvore. Caminhávamos todos na ponta dos pés, e quando eu enfiava a cabeça pela sua porta podia vê-lo sentado na cama, acumulando página sobre página, sem aparentemente fazer nenhuma pausa para descansar. Ao cabo de três dias, o misterioso trabalho foi concluído, e ele o leu para nós em voz alta, para mim e para minha mãe, a primeira versão de *Jekyll e Hyde.*

Escutei fascinado. Stevenson tinha uma voz capaz de causar inveja em muitos grandes atores, e lia com uma intensidade que me causava arrepios na medula. Quando chegou ao fim, ficou na expectativa pela nossa aprovação, com um ar de exultação íntima, como que arrebatado por um êxtase, e enquanto esperávamos as exclamações de entusiasmo de minha mãe, fiquei aterrado ao perceber como ela estava hesitante. Seus elogios pareciam meramente formais, as palavras lhe saíam com dificuldade, e de repente ela começou a fazer-lhe críticas. Disse que ele havia falhado no essencial, pois tinha perdido a dimensão alegórica; criara apenas uma história, um magnífica peça de literatura sensacionalista, quando poderia ter escrito uma obra-prima.

Stevenson ficou furioso. Tremia dos pés à cabeça, segurando nas mãos o manuscrito, e tudo em sua atitude mostrava o quanto estava mortificado. Sua voz, amarga, desafiante, encobria a da minha mãe como uma onda corrosiva. Eu nunca o vira assim transtornado, nem tão ofendido. A cena me era tão penosa que preferi deixar o aposento, incapaz de dar um sentido àquilo tudo. E foi com a sensação de uma tragédia irreparável que fiquei ouvindo suas vozes, no aposento ao lado; palavras indistintas, apenas, mas carregadas de uma tal emoção que me deixavam de coração partido.

Quando voltei, minha mãe estava sozinha. Estava sentada, pálida e abatida, junto à chaminé, olhando fixamente as chamas. Nenhum de nós falou. Se eu o tivesse feito, certamente a teria coberto de censuras, porque a meu ver ela tinha sido cruelmente injusta. Depois, ouvimos Louis descendo a escada, e pelo modo como entrou no aposento chegamos a crer, com um sobressalto no peito, que ele iria retomar a discussão. Mas tudo que ele disse foi: "Você tinha razão! Eu de fato perdi essa dimensão alegórica, que no final das contas é o ponto central, a essência de toda a história!". E ao falar assim, como se quisesse brincar com o abatimento de minha mãe e dos seus preparativos para enfrentá-lo de novo, ele jogou o manuscrito, tranquilamente, no meio das chamas! Imaginem meus sentimentos e os da minha mãe enquanto as páginas se inflamavam diante dos nossos olhos, se encarquilhavam, enegreciam, e se desmanchavam por entre as labaredas!

Minha primeira impressão foi de que ele tinha agido assim por um impulso de despeito. Mas não foi nada disso; ele tinha se convencido, de fato, e aquele auto de fé estava lhe servindo como uma punição. Quando minha mãe e eu lhe dissemos que era loucura destruir daquela forma um manuscrito, ele protestou com veemência, dizendo que "nada daquilo era bom", e que se tentasse preservar qualquer parte dele acabaria perdendo a direção novamente, e a única maneira de escapar era evitar qualquer tentação.

Seguiram-se para ele três outros dias de febre criadora, e para nós três dias de caminhadas na ponta dos pés, de refeições em que ele não dizia uma palavra, de noites monótonas devido a sua ausência, de olhadas sub-reptícias através de sua porta, tudo isso enquanto ele, sentado na cama, escrevia, escrevia, as folhas se amontoando em desordem sobre a colcha. O resultado foi o *Jekyll e Hyde* que o mundo inteiro conhece, aquele que, traduzido em todas as línguas europeias, e em várias do Oriente, deu ao mundo uma nova expressão.

Sua redação foi uma extraordinária façanha, sob qualquer ângulo que se considere. Sessenta e quatro mil palavras em seis dias, mais de dez mil palavras por dia! Para os que não conhecem bem os aspectos deste ofício, eu diria que mil palavras por dia já é uma quantidade razoável, para qualquer escritor de obras de ficção. Anthony Trollope se contentava com este ritmo, bem como Jack London; é — como era naquela época — uma espécie de padrão para a criação literária cotidiana. Stevenson o multiplicou por dez, e além disso o recopiou por inteiro durante mais dois dias, colocando-o no correio no terceiro!

Foi uma bela façanha, mais espantosa ainda pelo fato de que depois disso, ao invés de demonstrar qualquer manifestação de cansaço, ele parecia ao contrário repousado, rejuvenescido; andava de lá para cá com aspecto jubiloso, e exultante como se tivesse acabado de receber uma herança; há meses que não exibia um aspecto tão saudável.

Fanny Van De Grift (1840–1914) era norte-americana, e casou aos dezessete anos com o militar Samuel Osbourne, com quem teve três filhos, e de quem se separou em 1875. Conheceu Stevenson em Paris, onde ficaram amigos, antes que ela voltasse para os Estados Unidos. Apaixonado por ela (que era dez anos mais velha), Stevenson economizou dinheiro durante três anos para viajar aos EUA *e encontrá-la. Os dois se casaram e ficaram juntos até a morte do escritor em 1894. O texto que se segue foi, como o de seu filho, escrito para a "Edição Tusitala" de 1924, e traduzido da mesma coletânea organizada por Michel LeBris.*

RECORDAÇÕES DE MR. HYDE

Fanny Van de Grift-Stevenson

Quando meu marido e eu deixamos Hyères e fomos para a Inglaterra, foi com a intenção explícita de retornar no inverno seguinte. Mas a saúde de meu sogro piorou rapidamente, e nos vimos diante da evidência de que uma nova ausência do seu filho seria um sério golpe para ele. Decidimos então, sem hesitação, pelo menos da minha parte, permanecer em Bournemouth quanto tempo fosse necessário. Para agradecer minha decisão e sem dúvida com a esperança de que nossa presença ali se tornasse permanente, meu sogro me presenteou uma casa pequena e encantadora que batizamos de Skerryvore. Não era muito espaçosa, mas este aspecto era compensado pela presença de um gramado, de muitas flores e de uma pequena horta; além disso, tinha ao lado um vale de mata virgem por onde corria um pequeno rio. Perto do estábulo, que nunca usávamos, e próximo a casa, ficava um pombal coberto de hera.

Desde a nossa chegada a Bournemouth Mr. W.E. Henley foi nos fazer companhia, com o projeto de escrever peças de teatro em colaboração com meu marido; e ele voltou a nos visitar quando nos instalamos em Skerryvore. *Deacon Brodie* tinha sido encenada em Londres sem obter mais do que um *succès d'estime*, mas Mr. Henley esperava aproveitar esta experiência para produzir desta vez alguma coisa suscetível de agradar o grande público.

No quarto que meu marido ocupou durante a infância, em Edinburgh, havia uma estante de livros e uma cômoda fabricadas pelo famoso Deacon Brodie — um respeitável artesão durante o dia, e assaltante durante a noite. Cummy (Allison

Cunningham), a quem meu marido havia dedicado seu livro *A Child's Garden of Verses*, compôs, com sua viva imaginação de escocesa, numerosas canções, sobre esses móveis tão prosaicos, para distrair uma criança de quem ela cuidava. Alguns anos mais tarde meu marido ficou muito impressionado pela leitura de um artigo sobre o subconsciente, aparecido numa revista científica francesa. Este artigo, combinado com suas lembranças de Deacon Brodie, foi a origem da ideia que ele veio a desenvolver depois, primeiro numa peça, depois no conto "Markheim", e que por fim culminou, depois de uma intensa febre que se sucedeu a uma hemorragia pulmonar, no pesadelo que resultou em *Jekyll e Hyde*.

Meu marido não tinha muito gosto pela composição dramática, se bem que *Prince Otto* foi concebido inicialmente como uma peça de teatro; mas Mr. Henley possuía uma capacidade extraordinária de insuflar nos outros seu próprio entusiasmo. Eu mesma me vi involuntariamente arrastada nesse turbilhão. Lembro-me que chegaram a me prometer um bracelete de rubis, com os lucros que esperavam para a primeira apresentação da peça, por uma sugestão que fiz para *Admiral Guinea*. As peças eram imaginadas e escritas desde o início no estilo apaixonado e cheio de exageros de Mr. Henley, cuja influência predominava, menos no que dizia respeito à forma literária propriamente dita. Um primeiro esboço do roteiro, ainda muito pequeno e superficial, era traçado, para ser desenvolvido a seguir, aprofundado em uma série de parágrafos escritos por cada um deles. Tinha sido estabelecido entre os dois que tudo que um deles criticasse nos textos do outro seria suprimido sem apelações, um processo que não posso deixar de considerar prejudicial ao trabalho em conjunto. Em matéria de teatro, meu marido procurava produzir um *tour de force* literário, apoiando-se nas convenções clássicas. Quanto a Mr. Henley, ele sonhava, acima de tudo, em causar espanto ao público. É possível que cada um deles, a sós, tivesse alcançado sucesso, mas em conjunto tudo parecia uma tarefa impossível. "Isso vai fazê-los pular até o teto!", gritava Mr. Henley, esmurrando a mesa com tal força que fazia pular o tinteiro. "Não, não, Henley", dizia meu marido com ar preguiçoso, "você é muito brutal. É preciso atenuar isso mais um pouco". Mas em virtude do seu acordo prévio, a cena era rejeitada, e na nova versão que faziam alguma coisa dela se perdia.

Durante a estadia de Mr. Henley em Skerryvore, muitos amigos adquiriram o hábito de vir à noite passar algumas horas em nossa companhia. Entre eles, vieram Mr. Henry James, Mr. John Sargent, Mrs. De Mattos, Mr. Sully, Mr. Walter Lemon, Miss Taylor e Miss Ferrier, e Robert Allan Stevenson. Estas noites que passamos em discussões sábias, apaixonadas, brilhantes, estão entre as experiências mais agradáveis da vida de meu marido. Quando elas foram vetadas pelo médico, sob o pretexto de serem extenuantes para os seus nervos, ele voltou, com uma passividade que chegava a ser patética, ao "reino da colcha" (seu leito de dormir), onde matava o tempo tocando flajolé; e quando até isso lhe foi proibido passou a se dedicar aos problemas de xadrez que eram publicados nos jornais. Talvez o xadrez não fosse uma panaceia para curar seu espírito e seus nervos desgastados pelas jornadas de trabalho na companhia estafante de Mr. Henley. Felizmente meu marido tinha o dom de poder dormir conforme sua vontade. Era capaz de dizer: "Acordem-me daqui a meia hora", pousar a cabeça no travesseiro e mergulhar de imediato num sono reparador. Ora, pela primeira vez em sua existência, seu sono passou a ser agitado, intermitente. Os Brownies despertavam nele durante toda a noite, atormentavam-no com problemas de xadrez deixados sem resolver, com cenas de acontecimentos pessoais há muito esquecidos e que retornavam para tirar-lhe o sossego. Foi justamente durante uma pausa forçada na sua colaboração com Mr. Henley que lhe veio a inspiração para *O estranho caso do Dr. Jekyll e Mr. Hyde*. Os gritos de horror que ele soltou durante o sono me obrigaram a despertá-lo —

para sua enorme indignação. “Eu estava justamente sonhando com uma ótima história de terror”, disse ele, em tom de censura; e me fez um breve resumo da narrativa de Jekyll e Hyde, até a cena da transformação, que era a que estava presenciando em sonho no momento em que o despertei.

Quando o dia amanheceu, ele se atirou febrilmente ao trabalho. Em três dias o primeiro esboço, com trinta mil palavras, foi terminado, depois foi destruído e refeito sob outro ponto de vista — o da alegoria, que estava latente na narrativa mas de forma incompleta, provavelmente devido à pressa excessiva e ao fato do pesadelo ser ainda demasiado recente. Ao cabo de mais três dias o livro estava pronto para ser impresso, precisando apenas de algumas correções menores. A quantidade de trabalho que ele executou nesse *tour de force* foi enorme. Que um homem inválido, como o meu marido, fosse capaz de executar um tal esforço, pondo no papel sessenta mil palavras em seis dias, parece quase inimaginável. Ele sofria de hemorragias contínuas e falava com dificuldade; sua conversa se dava muitas vezes pelo emprego de uma ardósia e um lápis. Não podia receber duas pessoas ao mesmo tempo em seu quarto, e qualquer um que obtinha a autorização do médico para vê-lo podia demorar-se no máximo quinze minutos — e cabia a mim a tarefa ingrata de ficar de guarda à porta, no patamar, de relógio em punho, para avisar o visitante de que seu tempo tinha se esgotado.

O sucesso de *Jekyll e Hyde* foi imediato e fenomenal, tanto na Inglaterra quanto nos Estados Unidos, onde surgiram várias edições piratas. A história era mencionada por padres durante os seus sermões, e foi adaptada para o palco pelo menos três vezes; a única versão satisfatória foi a de Mr. T.R. Sullivan, que enviou o texto de sua adaptação ao meu marido, para que ele fizesse as correções necessárias e lhe desse sugestões. É curioso perceber até que ponto o público pode identificar um autor com personagens dos seus livros. A aparência de meu marido foi descrita assim como uma mistura grotesca do Dr. Jekyll e Mr. Hyde.

Um crítico chegou a escrever: "Ele se assemelha a um afogado que tenha sido retirado da água no derradeiro instante, com seus longos cabelos ainda úmidos e colados ao rosto". Mesmo os pintores que o retrataram tentaram sugerir algo de bizarro e de espectral na sua fisionomia. Nenhum deles, por outro lado, teve a ideia de imaginá-lo como o Príncipe Otto, com o qual ele se parece muito mais.

Ele recebeu muitas cartas estranhas, principalmente da parte de espíritas e teósofos, os quais imaginavam ter recebido certas "diretivas" do além para guiá-lo nas suas descrições da vida dupla. Uma condessa alemã lhe perguntou se a narrativa era de fato resultante de um sonho, assegurando-lhe que se de fato fosse este o caso ele se achava numa situação das mais perigosas, porque as forças "da magia branca e da magia negra" estavam disputando sua alma. A condessa lhe implorava que aceitasse os ensinamentos da Teosofia, porque caso contrário as forças da magia negra venceriam a disputa e as consequências, garantia ela, "seriam terríveis".

Frederic Myers (1843–1901) foi um professor de Cambridge, poeta, e psicólogo amador. Diferentemente de Maudsley, que tinha uma visão mais materialista e fisiológica da mente humana, ele tinha uma abordagem mais experimental, e fez várias tentativas de provar a existência da telepatia, em seus trabalhos pela Society of Psychical Research. (Atribui-se a ele, aliás, a criação do termo "telepatia".) A carta que Stevenson lhe escreveu, reproduzida à página 126 deste livro, mostra o respeito mútuo, e as curiosidades que compartilhavam.

A PERSONALIDADE MULTIPLEX

Frederic Myers

Meu propósito neste artigo é propor alguns tópicos para reflexão, tópicos que precisarão ser desenvolvidos com maiores detalhes em outros estudos. Meu tema é o caráter mutável e "multiplex" daquilo a que chamamos a Personalidade do ser humano, e as vantagens práticas que podemos auferir ao perceber essa mutabilidade até então ignorada e trabalharmos levando-a em consideração. Começarei citando alguns exemplos de transferência histérica, e de desintegração mórbida; mostrarei em seguida que nem todos esses reajustamentos espontâneos do nosso ser são patológicos ou regressivos; na verdade, mudanças que nos são tão familiares quanto os estados do sono e da vigília nos dão a pista para outras alterações que podem ser empregadas em nosso proveito.

Começarei, então, com um ou dois exemplos do nível que pode ser alcançado por essas dissociações de nossas memórias, faculdades, e sensibilidades, sem que isso resulte num caos insano ou num obscurecimento demente da memória. Por enquanto, esses casos existem em pequeno número. Foi apenas nos anos mais recentes — e principalmente na França — que os sábios registraram com o devido cuidado essas lições psíquicas, mais profundas do que nossa própria arte pode nos proporcionar, que nos foram dadas pelo estudo de anomalias naturais e de casos aberrantes.

Entre os mais extraordinários documentos vivos que a natureza oferece ao nosso estudo estão os singulares personagens conhecidos como Louis V. e Félida X. O nome de Félida, pelo menos, deve ser familiar a um certo número dos meus leitores; mas o caso de Louis V. é menos conhecido, e embora alguns registros a seu respeito já tenham sido publicados em inglês, é necessário recordar algumas de suas particularidades para depois apresentar nossas especulações a respeito.

A vida de Louis V. começou (em 1863) como uma criança abandonada por uma mãe turbulenta. Aos dez anos de idade foi mandado para um reformatório, e ali revelou-se, e foi assim sempre que aquela organização lhe deu a oportunidade, um menino quieto, bem comportado e obediente. Então, aos catorze anos, sofreu um grande susto ao ser atacado por uma víbora — um susto que o deixou desequilibrado e iniciou uma série de oscilações psíquicas das quais ele continua sendo vítima desde então. A princípio os sintomas eram apenas físicos: epilepsia e paralisia histérica das pernas; e no asilo de Bonneval, para onde ele foi enviado em seguida, trabalhou normalmente numa oficina de alfaiate durante cerca de dois meses. Depois, teve um súbito ataque histérico-epiléptico — cinquenta horas de convulsões e êxtase — e quando despertou não estava mais paralítico, não demonstrava o menor conhecimento de alfaiataria, e não exibia bom comportamento. Sua memória tinha regredido, por assim dizer, até o momento do ataque da víbora, e ele não recordava coisa alguma do que lhe acontecera desde então. Seu caráter se tornou violento, cobiçoso e encrenqueiro; e seus gostos haviam mudado de forma radical. Por exemplo, embora antes do ataque ele fosse completamente abstêmio, agora ele não apenas bebia vinho como roubava o vinho de outros pacientes. Fugiu de Bonneval, e os anos que se seguiram foram turbulentos; sua vida pode ser rastreada através de suas entradas em hospitais e manicômios, até que retornou ao asilo de Rochefort, sob a identidade de um fuzileiro naval preso por furto mas demonstrando instabilidade mental. Em Rochefort e em La Rochelle, por um grande golpe de sorte, foi parar nas mãos de três médicos, os professores Bourm e Burot, e o Dr. Mabille, que estavam capacitados e dispostos a retomar e expandir as observações já feitas pelo Dr. Camuset em Bonneval e pelo Dr. Jules Voisin em Bicêtre, quando ambos tiveram a oportunidade de examinar esse precioso espécimen de "estranho caso", em momentos anteriores de sua contraditória existência.

Louis V. não se encontra mais em Rochefort, e o Dr. Burot me informa que ele melhorou bastante de saúde e que suas peculiaridades em grande medida já desapareceram; devo, contudo, a bem da clareza, usar o tempo presente ao fazer esta breve descrição de sua condição na época em que essas experiências foram realizadas.

O estado físico e mental em que ele se encontra é muito preocupante. Há paralisia e insensibilidade do seu lado direito e também (como ocorre muitas vezes em caso de hemiplegia direita) sua fala é dificultosa e pouco compreensível. Mesmo assim, ele discute sem parar com qualquer pessoa que lhe dê ouvidos, ofendendo os médicos, ou então fazendo pregações de radicalismo político ou de ateísmo antirreligioso, e se comporta mais como um macaco que procura escandalizar do que como alguém que emprega argumentos claros e razoáveis. Faz piadas de mau gosto, e se alguma pessoa lhe agrada ele imediatamente tenta fazer-lhe carícias. É capaz de lembrar acontecimentos recentes, ocorridos durante sua residência em Rochefort, mas antes dessa data consegue recordar apenas dois fragmentos do seu passado: o vicioso período que passou em Bonneval e parte do tempo que passou em Bicêtre.

Com exceção dessa memória estranhamente fragmentada não há nada de extraordinário em sua condição, e na maior parte dos asilos ninguém teria se dado o trabalho de explorá-la mais a fundo. Por sorte, os médicos de Rochefort eram familiarizados com a eficácia do contato de metais para transferir a hemiplegia histérica de um lado do corpo para o outro. Foram experimentados diferentes metais em contato com o corpo de Louis V.: chumbo, prata e zinco não produziram efeito. O cobre produziu um leve retorno da sensibilidade no braço paralisado. Mas o aço, aplicado ao braço direito, transferiu toda a insensibilidade para o lado esquerdo do corpo.

Por mais inexplicável que pareça este fenômeno, ele é suficientemente comum (de acordo com os relatos dos médicos franceses), em casos de histeria, e não desperta surpresa alguma. O que deixou perplexos os médicos foi a mudança de caráter que acompanhou essa inversão da sensibilidade. Quando Louis V. emergiu da crise provocada pela transferência, cerca de um minuto de expressão ansiosa e respiração arquejante, era o que se pode chamar de um novo homem. A agitação insolente, a impulsividade selvagem, tinham desaparecido por completo. O paciente é agora gentil, respeitoso e modesto. Pode falar com clareza, mas o faz apenas quando alguém lhe dirige a palavra. Se lhe pedem sua opinião sobre religião ou política, ele diz que prefere deixar esses assuntos para mentes mais capazes do que a sua. A impressão que se tem é de que tanto moralmente quanto intelectualmente a cura do paciente foi completa.

Mas agora eu lhe pergunto o que ele acha do asilo de Rochefort, e o que nos diz do tempo em que serviu ao regimento da Marinha. Ele responde, admirado, que não conhece Rochefort, e que nunca foi fuzileiro naval durante toda sua vida. "Onde você está, então, e que dia é hoje?" "Estou em Bicêtre, hoje é 2 de janeiro de 1884, e espero encontrar-me hoje com Monsieur Voisin, como me encontrei ontem".

Descobriu-se, então, que ele agora é capaz de recordar dois curtos períodos de sua vida (períodos diferentes daqueles que ele recordava quando era seu lado direito que se encontrava paralisado), e durante os quais, na medida em que nos foi possível confirmar, seu caráter era da mesma natureza respeitosa, e seu lado paralítico era o esquerdo.

Essas duas condições foram então denominadas de "primeira" e "segunda", em uma série de seis ou mais pelas quais ele pode ser induzido a passar. Para não alongar em demasia este relato, descreverei em seguida apenas o seu "quinto" estado.

Se Louis é colocado num banho elétrico, ou se um ímã é colocado por cima de sua cabeça, à primeira vista somos levados a pensar que ocorreu uma cura completa. Toda a sua paralisia e todas as suas perdas de sensibilidade desaparecem. Seus movimentos são ágeis e ativos; sua expressão, gentil e tímida. Mas se lhe perguntam o local onde se encontra descobre-se que ele regrediu até ser um menino de catorze anos, que está em Saint Urbain, seu primeiro reformatório, e que sua memória abarca os anos da infância e se detém no dia exato em que foi assustado pela víbora. Se é pressionado a lembrar este incidente, ocorre uma violenta crise epileptiforme, que encerra bruscamente esta fase de sua personalidade.

O leitor pode perguntar, então: existirá alguma lei discernível que controle essas estranhas transformações? Existe algum motivo concreto para que Louis V. seja num momento um simples lunático ou selvagem, em outro se transforme num adulto bem comportado, e num terceiro recupere suas plenas condições físicas, mas mentalmente volte a ser uma criança? Reproduzo a seguir, com brevidade, e omitindo numerosas ressalvas e pormenores técnicos, a opinião dos médicos que o têm examinado.

Um choque súbito, numa pessoa de constituição instável, provocou nesse rapaz uma cisão profunda entre os hemisférios direito e esquerdo do seu cérebro, cisão de uma magnitude que não havia sido registrada antes. Estamos acostumados, é claro, a ver uma pessoa com o lado direito do corpo paralisado e insensível em decorrência de uma lesão no hemisfério esquerdo, que o governa; e vice-versa. E estamos acostumados a ver em casos de histeria — caso em que não se verifica nenhuma lesão física perceptível em qualquer dos hemisférios — as perturbações de sensibilidade e de mobilidade mudarem com grande rapidez, mudarem, por assim dizer, a um simples toque, de um lado do corpo para o outro. Mas usualmente não somos capazes de perceber nenhuma mudança correspondente no modo de funcionamento daquilo a que consideramos os "centros superiores", os centros que determinam as nossas manifestações de inteligência, caráter, memória, e dos quais depende em grande medida o nosso senso de identidade. No entanto, em alguns casos de afasia e de outras formas de assemia (nossa perda de poder sobre os signos, a palavra falada ou escrita e outras manifestações análogas) têm ocorrido fenômenos que em certa medida nos prepararam para perceber que a perda do uso do hemisfério esquerdo — que sem dúvida é o mais desenvolvido, em alguns aspectos — pode conduzir a uma regressão nas características superiores da vida humana. E o singular fenômeno da "escrita automática" parece muitas vezes depender de uma ação obscura sobre o hemisfério cerebral menos utilizado. Os pesquisadores que seguem estas linhas de observação podem estar prontos para achar possível que no caso de Louis V. a predominância alternada do hemisfério direito e do esquerdo afeta a memória e o caráter na mesma medida em que o faz às suas inervações motoras e sensoriais.

Ao ser inibido o seu cérebro esquerdo (e o lado direito do corpo) ele se torna, por assim dizer, não apenas canhoto, mas também "sinistro"; manifesta-se através de combinações nervosas que alcançaram um grau inferior de evolução. E ele pode evocar em sua memória apenas aqueles períodos em que sua personalidade assumia aquela mesma atitude, cristalizada a certa altura de sua vida.

Ao ser inibido o seu cérebro direito, suas qualidades superiores de caráter são mantidas intactas, tanto quanto o dom da fala. Existe autocontrole, existe o pudor; existe um senso de obrigação — qualidades que o ser humano desenvolveu ao se erguer acima do nível dos selvagens. No entanto, ele é apenas metade de si próprio. Além da ocorrência da hemiplegia, que é uma consequência direta, sua memória vê-se também truncada, e ele é capaz de evocar apenas aqueles fragmentos do seu passado que se acham ligados a esse estado anormal, e impossibilitado de lembrar não apenas os períodos dessa ascendência "sinistra" em sua mente, mas também o período normal de sua infância, antes que a sua natureza fosse dividida em duas. E se agora, por algum triunfo da técnica, fôssemos capazes de restaurar o perfeito equilíbrio entre os seus dois hemisférios, se pudéssemos colocá-lo num estado em que não restasse nenhum traço físico dessa cisão que se tornou para ele uma segunda natureza, o que poderíamos esperar encontrar como contrapartida dessa integridade recomposta? O que de fato encontramos no paciente é uma mudança que, pelas possibilidades físicas que nos faz vislumbrar, é a mais interessante de todas. Ele renasce, por assim dizer; torna-se de novo uma criança, conduzido de volta, em sua memória, caráter, conhecimentos, poderes, aos dias anteriores ao problema que o vitimou, e ao predomínio do seu "eu" menos evoluído.

Comecei com a descrição de um caso extremo, um caso que para muitos dos meus leitores talvez venha a parecer inacreditável, de tão bizarro. Mas, embora extremo, ele não é de modo algum um caso isolado; ele se relaciona, em diferentes aspectos, com numerosos outros casos bem conhecidos. A retomada da vida num momento situado no passado, por exemplo, é apenas a forma exagerada de um fenômeno muitas vezes observado em casos de lesão cerebral. O treinador de cavalos, atingido por um coice violento, completa sua ordem para afrouxar as rédeas no momento em que sua trepanação é concluída com sucesso no hospital. A senhora idosa que sofre um ataque durante um jogo de baralho, e cuja consciência é restaurada após um longo período de insensibilidade, surpreende sua família em prantos com a pergunta: "Qual é o trunfo?". Nestes casos, porém, é apenas uma fatia da vida que é subtraída; a personalidade retorna como se despertasse de um sono, e é a mesma de antes. No caso de Louis V. não é isso o que ocorre; as lembranças dos sucessivos estados não ficam perdidas, mas justapostas, de certo modo, em diferentes compartimentos; ninguém é capaz de dizer quais são as épocas que brotam como interpolações, nem qual é o canal central onde está fluindo a correnteza do seu ser.

Essas divisões do Eu tão graves quanto a de Louis V. podem ser encontradas com maior facilidade nos asilos de lunáticos. É ali que encontramos a duplicação da individualidade em suas formas mais grotescas. Encontramos o homem que vive perdendo a si mesmo e procurando por si mesmo embaixo da cama. Há o homem que acha que existem dois dele, e que na hora da refeição apresenta seu prato pela segunda vez, dizendo: "Já comi bastante, mas o outro sujeito não comeu ainda". Há também o homem que diz ser ao mesmo tempo ele mesmo e seu irmão, e quando lhe perguntam como é possível ser duas pessoas ao mesmo tempo, ele diz: "Ora, através de mães diferentes".

Há casos também em que a personalidade oscila de um foco para outro, e esses impulsos contraditórios, que em nós provocam apenas uma mudança no estado de espírito, costumam se objetivar adquirindo uma "persona" própria. Uma penitente histérica acredita numa semana ser a "Irmã Marta das Cinco Chagas" e na semana seguinte torna-se uma imaginária "Madame Pulmaire" cujos hábitos não seriam nem um pouco adequados para um convento. Outro paciente dá a impressão de ser um indivíduo razoavelmente sadio, mas de tempos em tempos deixa a barba crescer e se transforma num arrogante tenente da artilharia. Quando o acesso passa, ele raspa a barba e se torna novamente um homem lúcido mas melancólico, que se dedica a estudar os antigos doutores da Igreja. É claro que essas mudanças de caráter podem ser rápidas e variadas, na medida em que a vida do paciente o permita. Num caso bastante conhecido uma mulher muito pobre costumava mudar de história, de personalidade, e mesmo de sexo, a cada dia. Num dia apresentava-se como a noiva do imperador, no outro como um estadista prisioneiro:

Juvenis quondam, nunc femina, Caeneus,
Rursus et in veterem fato revoluta figuram.[1]

E ainda mais instrutivos, embora mais tristes, são os casos em que a desintegração da personalidade não atingiu um ponto de insanidade, mas desembocou numa impotência perplexa, no horror de uma vida que parece um sonho. De um modo geral, casos assim se dividem em duas categorias principais: aqueles onde a perda de controle se dá principalmente sobre os centros motores, de modo que o paciente é capaz de sentir, mas não de agir; e os casos em que a perda de controle atinge principalmente os centros sensoriais, e o paciente age mas não é capaz de sentir.

A impossibilidade de agir como gostaríamos de agir é um problema que muitos de nós compartilhamos. Provavelmente todos temos momentos em que somos capazes de simpatizar com aquele provocante paciente de Esquirol[2] que, depois de um ataque de monomania, recuperou todos os dons para a convivência social que faziam dele a alegria dos seus amigos, mas não podia mais ser induzido a dedicar cinco minutos de atenção mesmo aos assuntos mais urgentes. "Seus conselhos", disse ele cordialmente a Esquirol, "são imensamente úteis. Eu não quereria nenhuma outra coisa senão ser capaz de segui-los, desde que o senhor pudesse me conceder a vontade de fazer o que quero". Às vezes a vida inteira é desperdiçada na execução dos atos mais irrelevantes — como ocorria com um paciente de Monsieur Billod, que passava quase uma hora tentando executar o floreio da pena sob sua assinatura, num documento para o advogado; ou tentou em vão durante três horas, com o chapéu posto e as luvas calçadas, deixar os seus aposentos para ir assistir um espetáculo

[1] Versos de Virgílio na *Eneida*, VI, 449–450: "E aqui também está Caeneus, outrora um homem jovem, depois uma mulher / e agora devolvido pelo destino ao seu sexo de origem".

[2] Jean Etienne Dominique Esquirol (1772–1840), médico e reformador dos asilos da França.

que tinha imenso desejo de ver. Casos assim precisam de um tratamento verdadeiramente heroico, e este cavalheiro teve a sorte de acabar sendo envolvido e curado pela Revolução de 1848.

Ainda mais lamentáveis são aqueles casos em que são principalmente os centros sensoriais que se situam, por assim dizer, exteriormente à personalidade; onde o pensamento e a vontade permanecem intactos, mas o mundo ao redor não mais excita os sentimentos nem atinge a alma solitária. "Em todos os meus atos falta uma coisa — o senso de esforço que deveria acompanhá-los, a sensação de prazer que eles deveriam me proporcionar." "Todas as coisas", disse outro paciente, "parecem incomensuravelmente distantes de mim; estão recobertas por um ar pesado." "As pessoas parecem se mover à minha volta", disse outro, "como sombras ambulantes". Gradualmente, esta sensação de esvaziamento fantasmagórico se estende até a própria pessoa do paciente. "Cada um dos meus sentidos, cada parte de mim, está separada de mim mesmo." "Eu existo, mas fora da vida real." É como se Tirésias, o único capaz de manter-se verdadeiramente vivo no mundo insubstancial do Hades, fosse aos poucos convertendo-se ele próprio numa sombra.

Todos estes casos são exemplos da mudança regressiva de personalidade, a dissolução da estrutura do nosso ser num amontoado de elementos sem ordem. Vemos a situação do ser humano como uma cidade sitiada, como um grande império desmoronando a partir do seu núcleo. E é claro que uma perturbação espontânea e não dirigida numa máquina tão complexa é mais suscetível de modificá-la para pior do que para melhor. No entanto, chegamos agora à questão que para mim precisa ser colocada de forma mais urgente neste ensaio. Quero dizer que mesmo estas perturbações espontâneas e não dirigidas provocam em certos casos uma mudança que é um nítido melhoramento. Com exceção das experiências diretas, são elas a prova de que, de fato, somos capazes de nos reestruturar num padrão superior ao que exibíamos previamente, que somos capazes de nos fundir e de nos cristalizar novamente com maior clareza do que antes; ou, digamos de forma mais modesta, que a inconstante duna de areia do nosso ser pode se recompor de repente numa estrutura mais firme e mais bem equilibrada.

Entre os casos desta natureza registrados até agora, nenhum é mais notável do que o daquela conhecida paciente do Dr. Azam, Félida X.

Muitos dos meus leitores poderão lembrar que nessa mulher a vida sonambúlica havia ocupado o lugar da vida normal; esse seu "segundo estado", que a princípio aparecia somente em acessos curtos, semelhantes a um sonho, gradualmente substituiu o "primeiro estado", que atualmente retorna apenas durante algumas horas e a longos intervalos. Mas o ponto que quero salientar é este: que o segundo estado de Félida X. é em conjunto superior ao primeiro — fisicamente superior, desde que as dores nervosas que a atormentavam desde a infância desapareceram, e moralmente superior, na medida em que sua atitude morosa e egoísta foi trocada por um estado de atividade e boa disposição que lhe permite cuidar de seus filhos e de sua loja com muito mais eficiência do que quando se encontrava em seu "estado estúpido", que é como ela chama agora aquela única outra personalidade de que tinha conhecimento. Neste caso, portanto, que já vai para trinta anos de evolução, o reajustamento espontâneo das atividades nervosas — o segundo estado, do qual ela não guarda memória alguma quando se encontra no primeiro — resultou numa melhora mais profunda do que poderia ter sido previsto por qualquer tratamento moral ou médico que seja do nosso conhecimento. Este caso nos mostra com que frequência a palavra "normal" significa apenas "aquilo que existe". Porque o estado normal de Félida era na verdade o seu estado mórbido; e a nova condição, que a princípio parecia não passar de uma mera anormalidade histérica, a conduziu para uma vida de saúde física e mental, tornando-a uma mulher equivalente à média das mulheres de sua classe.

Um ou dois breves exemplos poderão dar uma ideia dos benefícios morais e físicos que a hipnose está trazendo para o alcance da medicina prática. Primeiro, narrarei um dos casos — por enquanto raros — em que uma pessoa insana foi hipnotizada com resultados benéficos e permanentes.

No verão de 1884 havia no asilo da Salpêtrière uma mulher jovem do tipo mais deplorável. Jeanne Sch. era uma lunática criminosa, de hábitos imundos, atitudes violentas, e com uma vida inteira de devassidão e furtos. Monsieur Auguste Voisin, um dos médicos da equipe, começou a hipnotizá-la em 31 de maio daquele ano, num período em que ela só podia ser mantida quieta pelo emprego da camisa de força e do "boné de irrigação", ou seja, uma permanente ducha de água fria na cabeça. Ela não queria, ou na verdade não podia, encarar de frente o operador, mas praguejava e cuspia na sua direção. Monsieur Voisin manteve o rosto próximo ao rosto dela, e seguiu os seus olhos para onde quer que eles se movessem. Em cerca de dez minutos conseguiu produzir nela um sono cheio de estertores, e com cinco minutos mais ela entrou num estado de sonambulismo e começou a falar de forma incoerente. Este processo foi repetido ao longo de vários dias, e aos poucos ela se tornou sã quando estava em transe, embora voltasse a ser uma lunática furiosa ao despertar. Gradualmente, tornou-se capaz de obedecer no estado de vigília ordens recebidas durante o transe hipnótico — a princípio ordens triviais (varrer o quarto, e assim por diante) e depois ordens que envolviam uma acentuada mudança de conduta. Não, mais do que isso: em seu estado hipnótico ela se arrependeu voluntariamente de sua vida anterior, fez uma confissão que envolvia uma quantidade de atos malévolos que a polícia desconhecia por completo (embora estivesse em concordância com fatos já do conhecimento público) e finalmente, por iniciativa própria, tomou uma série de resoluções concernentes ao seu futuro. Dois anos se passaram, e Monsieur Voisin me escreveu, em 31 de julho de 1886, que agora ela trabalha como enfermeira num hospital em Paris e que sua conduta é irrepreensível. Neste caso, e em outros casos recentes de Monsieur Voisin, há espaço para controvérsia, naturalmente, quanto à natureza precisa e à prognose, com exceção do hipnotismo, da loucura que foi curada. Mas o meu ponto de vista está plenamente justificado pelo fato de que esta pobre mulher, cuja história desde os treze anos tinha sido de ininterrupta loucura e de vício, hoje é capaz de exercer uma profissão como a de enfermeira num hospital, que necessita de firmeza e autocontrole, e que a personalidade reformada manifestou-se primeiramente através da hipnose, em parte obedecendo a sugestões, e em parte como o resultado natural da atenuação de suas paixões mórbidas.

Mas aqui preciso encerrar o meu ensaio. Quero concluir com uma única reflexão que de certo modo pode ir de encontro aos receios daqueles a quem não agradam quaisquer interferências em nossa personalidade, e receiam que esse tipo de análise invasora possa vir a roubá-los de seu verdadeiro Eu. Todas as criaturas vivas, ao que se diz, lutam para conseguir o máximo de prazer. Em que momentos, então, e em que circunstâncias, consideramos que os seres humanos têm conseguido experimentar essa alegria tão intensa? Nossos pensamentos não se voltam instintivamente, em busca da resposta, para aquelas cenas e aqueles momentos em que todas as nossas preocupações pessoais e todos os cuidados com nossos interesses individuais se perdem numa sensação de união espiritual, seja com aquela alma a quem amamos mais profundamente, ou com uma poderosa nação, ou com "o mundo inteiro e as criaturas de Deus"? Pensamos em Dante com Beatriz, pensamos em Nelson em Trafalgar, ou em São Francisco naquela colina da Úmbria. E aqui, certamente, como no grito de Sir Galahad ("Se eu perder a mim mesmo encontrarei a mim mesmo!") temos uma indicação de que muitas coisas, uma grande quantidade de coisas, que nos acostumamos a considerar uma parte integral de nós mesmos pode ser deixada para trás, e não obstante ficaremos com uma consciência do nosso próprio ser muito mais vívida e mais pura do que tivéramos antes. Esta rede de hábitos e de gostos, de paixões e de medos, não é, talvez, a manifestação mais perfeita do que de fato somos. É a capa protetora em que os nossos rudes antepassados se envolveram para se proteger das tempestades cósmicas; mas estamos aos poucos aprendendo a modificá-la e refazê-la de acordo com as necessidades de um clima mais ameno, e se por acaso ela escorregar dos nossos ombros num dia de sol então poderemos ter o vislumbre de algo mais antigo e mais glorioso que existe dentro de nós mesmos.

Este texto foi extraído da seção VI *da parte* III *do livro* Body and Will, Being an Essay concerning Will in its Metaphysical, Physiological and Psychological Aspects, *na sua edição de 1883, a de data mais próxima ao surgimento de* O estranho caso do Dr. Jekyll e Mr. Hyde. *Seu autor, Henry Maudsley (1835–1918), foi um médico e psiquiatra considerado uma das maiores autoridades de sua época sobre doenças mentais.*

AS DESINTEGRAÇÕES DO EGO

Henry Maudsley

Nessa organização intrincadamente sofisticada e complexa que é a base física da nossa mente estão representados, de forma direta ou indireta, todos os interesses do nosso corpo inteiro, toda a nossa energia orgânica: não existe nada em nossa realidade exterior que não esteja representado, por assim dizer, na nossa realidade interior. Não apenas um órgão, mas todos os órgãos; não apenas uma estrutura, mas todas as estruturas; não apenas um movimento, mas todos os movimentos; não apenas uma sensação, mas todas as sensações, todas as vibrações da energia, sejam de que natureza forem, de todas as partes do corpo, das mais próximas às mais remotas, as mais vis e as mais nobres, conscientes e infraconscientes — toda essa corrente flui para um centro unificador e traz as suas contribuições, sensíveis ou insensíveis, para o desempenho das funções de nossa consciência. A mente é o órgão central das sínteses, das simpatias e das sinergias do corpo, e a vontade é, nas circunstâncias mais favoráveis, a suprema expressão dessa unidade. Desse modo, é na vontade que está contido o caráter: não apenas o caráter da mente, como é comumente entendido, mas o caráter de cada órgão do nosso corpo, cujas funções concordantes contribuem para a expressão completa da nossa individualidade.

Sendo assim, é evidente que a desordem na união dos centros cerebrais superiores pode se tornar mais ou menos uma dissolução do eu consciente, do Ego, de acordo com a profundidade do dano produzido na unidade fisiológica. Se qualquer órgão do corpo se tornar defeituoso, isso significa uma ruptura na suprema unidade da consciência, por se tornar um déficit de energia, e uma perturbação na medida em que ele exerce influência sobre outros órgãos; é como quando, numa junta de cavalos, um deles não desempenha seu trabalho de maneira uniforme com os demais. A sensação constante de identidade pessoal, que os metafísicos indicam de forma tão enfática como uma intuição fundamental da consciência, discernindo nela o traço incontestável e a prova de um *ego* espiritual com o qual eles não conseguem estabelecer contato de nenhuma outra maneira, pode, pela nossa experiência, ser às vezes incerta e cambiante, em outros casos discordante e dividida, e, em casos extremos, ver-se extinta. Mas esta é uma expectativa muito propensa ao fracasso quando se considera o "eu", o "ego" — aquele *ens unum et semper cognitum in omnibus notitiis*[1] — o qual, segundo se alega, é percebido de forma mais ou menos clara por nós em cada manifestação de nossa inteligência. Olhemos com franqueza para os fatos, então, e vejamos que conclusões eles nos permitem tirar. Será que existe a mínima consciência do seu "ego" em um idiota, um indivíduo destituído de sensatez, do uso da fala, um indivíduo que uiva, se espoja, se suja, não consegue se defender e vive à mercê de tudo? Um indivíduo cujos centros cerebrais defeituosos são incapazes de responder mesmo às impressões vagas e imperfeitas que seus sentidos embotados lhe transmitem, e incapaz de fazer associações entre as poucas, confusas e vagas impressões que recebe? Não há dúvida de que do seu corpo, enquanto ele permanece coeso em virtude dos cuidados alheios, pode-se dizer que possui um "ego", ou um "si mesmo", mas do ponto de vista humano o que é isto? Não é um "ego" mental, uma vez que o mecanismo orgânico central em que as energias inferiores do corpo poderiam obter uma representação mais elevada, e onde poderia ter lugar a organização mental — onde poderia se dar essa já mencionada síntese, simpatia e sinergia — ou está completamente ausente ou mal formado de modo irremediável. Este miserável espécimen de degeneração não sabe e

[1] "O ser que é só um e sempre compreendido como um só."

não tem condições de saber que é um "eu", ou mesmo de sentir que existe um "eu" humano degradando-se nele. Se a prova certa e segura da existência de uma alma independente do organismo, e a esperança, nela baseada, de que ela pode obter uma ressurreição para a vida eterna, jazem na existência, permanente e distinta, da consciência de uma identidade por entre todas as mudanças e todos os acidentes por que passa nossa estrutura mortal, então é sem dúvida uma pena que esta prova nos falte justamente naqueles casos em que sua certeza nos seria mais necessária, mais reconfortante e consoladora, e seu sucesso mais triunfante.

A verdade é que as múltiplas variedades do desarranjo mental produzem exemplos de diminuição gradativa no brilho da consciência do eu, até a sua total extinção, bem como todos os tipos de desarranjo e confusão sobre ela, desde a mais leve até a mais grave interferência. A dificuldade em cada caso particular é sempre saber exatamente qual é o defeito ou a confusão, uma vez que não podemos penetrar na mente de outra pessoa, perceber o estado de sua consciência, e desse modo medi-la e apreciar seu estado ou sua qualidade.

Acontece com frequência, nos casos de desordem mental, principalmente em suas primeiras fases, que o indivíduo se queixe de ter mudado de uma maneira completa e dolorosa, que não é mais ele mesmo, mas que se sente indescritivelmente estranho; e que as coisas ao seu redor, embora mantenham o seu aspecto costumeiro, de algum modo lhe parecem muito diferentes. "Estou tão mudado que sinto como se não fosse eu mesmo, e sim outra pessoa; embora eu saiba que é uma ilusão, é uma ilusão de que não consigo me livrar; todas as coisas me parecem estranhas e eu não consigo apreendê-las por completo, mesmo sendo familiares; elas me parecem distantes e mais parecem figuras de um sonho do que coisas reais, e na verdade é como se eu estivesse dentro de um sonho e minha vontade estivesse paralisada. É impossível descrever a sensação de irrealidade que eu tenho para com todas as coisas; eu garanto a mim mesmo o tempo todo que eu sou eu, mas não consigo fazer com que minhas impressões se instalem corretamente em mim e se encaixem numa relação de familiaridade com o meu verdadeiro eu; entre o meu eu atual e o meu eu passado parecem estar interpostas uma eternidade de tempo e um infinito de espaço; o sofrimento que sinto é indescritível... " — esta é a linguagem com que essas pessoas procuram exprimir a profunda mudança ocorrida nelas, que sentem da mais dolorosa das maneiras mas não conseguem descrever adequadamente.

Um exemplo interessante e notável de uma mudança de identidade pessoal nos é fornecido por uma forma de desordem mental que, por oscilar com regularidade entre duas fases opostas e alternadas, foi chamada pelos estudiosos franceses "insanidade circular", mas seria melhor denominá-la "insanidade alternada". Uma crise de muita excitação mental, com grande exaltação de pensamento, sentimentos e conduta é seguida por uma fase oposta e sombria com depressão, desalento e apatia, cada um desses estados com a duração de semanas ou meses, e com a sucessão usual deles retornando de tempos em tempos, depois de intervalos mais ou menos longos de sanidade. O contraste entre esses dois estados é extraordinário, e fácil de imaginar. No primeiro, o indivíduo está entusiasmado, exultante, autoconfiante, orgulhoso, transbordante de energia; fala abertamente sobre assuntos íntimos que jamais teria mencionado no seu estado normal, e trata com familiaridade pessoas tanto acima quanto abaixo de sua condição social, pessoas às quais, quando são, ele jamais se dirigiria; do mesmo modo, escreve longas cartas, cheias de detalhes e de opiniões, negociações e projetos, para pessoas com quem tem apenas o mais superficial dos relacionamentos; gasta dinheiro desordenadamente, embora não seja essa a sua disposição natural; faz projetos para aventuras ousadas e mesmo fantasiosas; demonstra estar sempre disposto e contente em falar em público, mesmo que nunca o tenha feito antes; mostra-se descuidado quanto às convenções sociais e chega mesmo a não observar as reticências e precauções de ordem moral; escuta os conselhos prudentes que recebe, mas não lhes dá ouvidos, parecendo sempre imbuído de uma extraordinária sensação de bem-estar, de poder intelectual, de uma inteligência e uma vontade totalmente sem amarras. O que se vê aí não é uma disruptura do ego, mas uma extraordinária exaltação dele, de fato uma extrema alienação de natureza moral mais do que intelectual. Esta condição em muito se assemelha àquela que precede a mania aguda, onde se observa uma grande exaltação mental sem que haja verdadeira incoerência, alienação do caráter sem alienação da inteligência, mas não é, tal como ela, seguida por uma turbulência degenerativa; pois quando passa a excitação sobrevém a segunda fase, de extremo abatimento mental e prostração moral.

Como esse indivíduo está agora diferente do que era! Está tão inseguro quanto era antes autossuficiente; tão retraído quanto era antes invasivo; tão tímido e silencioso quanto era antes barulhento e loquaz; tão impotente em pensar e agir quanto era antes disposto e cheio de energia para o que tentasse fazer; tão inteiramente oprimido por uma sensação avassaladora de incapacidade física e mental quanto antes estava possuído por uma sensação exultante dos próprios poderes. Para todos os fins e todos os propósitos ele é outra pessoa, outro ego, pelo menos em tudo que diz respeito à consciência — subjetivamente, embora não objetivamente — uma vez que em todos os seus relacionamentos ele sente, pensa e age de maneira muito diferente. Não menos acentuada do que a transformação mental é a verdadeira transfiguração corporal que a acompanha em alguns casos: porque durante a fase de exaltação há uma intensificação geral das funções corporais que fazem o indivíduo parecer, e sentir-se, anos mais jovem. A pele é mais fresca e macia, suas rugas são suavizadas, os olhos tornam-se brilhantes, vivazes e cheios de animação, o cabelo menos grisalho do que talvez tenha sido, o pulso mais vigoroso, a digestão mais pronta, a atividade dez vezes aumentada, e uma mulher já entrada em anos pode tornar-se fértil novamente. Durante a prostração que se segue, o contraste é tão pronunciado que este indivíduo não seria considerado como a mesma pessoa por alguém que o conhecesse apenas superficialmente; pois cada um dos sinais de juventude e vigor antes descritos deu lugar agora a sinais correspondentes de idade avançada e de fraqueza física. No primeiro estado, é como se ele tivesse experimentado o elixir da vida; no outro, como se tivesse provado a apatia da morte.

Um fato interessante, e que não pode deixar de chamar nossa atenção, é que durante o estado de exaltação dessa desordem alternada a pessoa refaz com uma repetição quase automática as coisas que já fez, e tem os mesmos pensamentos e sentimentos que teve nos seus estados de exaltação anteriores; e durante o estado de prostração ele pensa, sente e faz tudo de acordo com o que fez em seus estados de prostração anteriores. Em cada um dos estados, contudo, ele não tem uma lembrança clara e precisa dos eventos do outro; provavelmente não chega a esquecê-los por completo, mas guarda deles apenas aquele tipo de recordação vaga, enevoada e incompleta que geralmente se tem dos acontecimentos de um sonho, ou que um homem tem, quando sóbrio, das sensações que teve e dos atos que praticou quando embriagado. E de fato, como poderia ele recordá-los com clareza, se é evidente que lhe seria forçoso, para tanto, reproduzir exatamente em si mesmo aquele estado, encontrando-se no estado oposto? É impossível, portanto, que ele possa ter uma ideia clara das experiências de um quando está no outro, embora ele possa ter conhecimento do fato simples de que aquelas coisas aconteceram com ele, e, sentindo-se um tanto envergonhado por essas lembranças, e preocupando-se com as demais coisas de que não consegue se recordar, não tenha como evocá-las na memória e falar sobre elas.

Portanto, a despeito de tudo que a teoria psicológica possa

afirmar em contrário com base em seus próprios oráculos internos, está provado de maneira incontestável pela observação de casos concretos que existem estados de desordem da consciência que, sendo bastante distintos dos estados de consciência normais, não podem ser tratados como eles, e cujos eventos só podem ser lembrados de maneira nebulosa, pressentidos difusamente mais do que recordados, ou completamente esquecidos. A lição que eles nos dão é uma lição que vem sendo afirmada cada vez mais no terreno da psicologia, ou seja, que a consciência do eu, a unidade do *ego*, é uma consequência, e não uma causa; é a expressão do funcionamento completo e harmonioso de um agregado de centros mentais diferenciados, e não uma misteriosa entidade metafísica que jaz por trás dessas funções, inspirando-as e guiando-as; é uma síntese ou unidade subjetiva baseada nas sínteses ou unidades objetivas do organismo. Nessa condição, ela pode ser obscurecida, desarranjada, dividida, aparentemente transformada. Para cada falha na unidade dos centros unidos existe uma falha nela; subtraia-se cada um dos centros mentais dessa íntima cooperação fisiológica, e o eu é na mesma medida enfraquecido ou mutilado; obstrua-se ou desarranje-se a função condutora dos feixes de ligação entre os vários centros, de forma que eles fiquem dissociados ou desunidos, e o eu perde num grau correspondente seu senso de união e de continuidade; estimule-se um ou dois centros ou grupos de centros até uma hipertrofia mórbida de modo a que eles absorvam uma parte maior da alimentação mental e se tornem numa função exclusiva ou predominante, e a personalidade parece ter sido transformada; faça-se a excisão de uma camada inteira dos centros superiores — aquela parte mais elevada que se encarrega do raciocínio abstrato e dos sentimentos morais — e o ser humano será reduzido à mesma condição de qualquer do animais superiores; suprimam-se de uma só vez todos os centros, e ele se tornará uma criatura apenas senciente; removam-se os centros correspondentes aos sentidos, e ele será reduzido a uma existência meramente vegetativa, em que, como uma hortaliça, ele terá um Eu objetivo mas não um subjetivo. Estas são as conclusões a que somos conduzidos quando, sem obscurecer os fatos, observamos sinceramente a natureza e a interpretamos com fidelidade, experimentando os fatos para compor o nosso entendimento, ao invés de apelar para nossa própria imaginação para nos servir de oráculo.

COLEÇÃO DE BOLSO HEDRA

1. *Iracema*, Alencar
2. *Don Juan*, Molière
3. *Contos indianos*, Mallarmé
4. *Auto da barca do Inferno*, Gil Vicente
5. *Poemas completos de Alberto Caeiro*, Pessoa
6. *Triunfos*, Petrarca
7. *A cidade e as serras*, Eça
8. *O retrato de Dorian Gray*, Wilde
9. *A história trágica do Doutor Fausto*, Marlowe
10. *Os sofrimentos do jovem Werther*, Goethe
11. *Dos novos sistemas na arte*, Maliévitch
12. *Mensagem*, Pessoa
13. *Metamorfoses*, Ovídio
14. *Micromegas e outros contos*, Voltaire
15. *O sobrinho de Rameau*, Diderot
16. *Carta sobre a tolerância*, Locke
17. *Discursos ímpios*, Sade
18. *O príncipe*, Maquiavel
19. *Dao De Jing*, Laozi
20. *O fim do ciúme e outros contos*, Proust
21. *Pequenos poemas em prosa*, Baudelaire
22. *Fé e saber*, Hegel
23. *Joana d'Arc*, Michelet
24. *Livro dos mandamentos: 248 preceitos positivos*, Maimônides
25. *O indivíduo, a sociedade e o Estado, e outros ensaios*, Emma Goldman
26. *Eu acuso!*, Zola — *O processo do capitão Dreyfus*, Rui Barbosa
27. *Apologia de Galileu*, Campanella
28. *Sobre verdade e mentira*, Nietzsche
29. *O princípio anarquista e outros ensaios*, Kropotkin
30. *Os sovietes traídos pelos bolcheviques*, Rocker
31. *Poemas*, Byron
32. *Sonetos*, Shakespeare
33. *A vida é sonho*, Calderón
34. *Escritos revolucionários*, Malatesta
35. *Sagas*, Strindberg
36. *O mundo ou tratado da luz*, Descartes
37. *O Ateneu*, Raul Pompeia
38. *Fábula de Polifemo e Galateia e outros poemas*, Góngora
39. *A vênus das peles*, Sacher-Masoch
40. *Escritos sobre arte*, Baudelaire
41. *Cântico dos cânticos*, [Salomão]
42. *Americanismo e fordismo*, Gramsci
43. *O princípio do Estado e outros ensaios*, Bakunin
44. *O gato preto e outros contos*, Poe
45. *História da província Santa Cruz*, Gandavo
46. *Balada dos enforcados e outros poemas*, Villon
47. *Sátiras, fábulas, aforismos e profecias*, Da Vinci
48. *O cego e outros contos*, D.H. Lawrence
49. *Rashômon e outros contos*, Akutagawa
50. *História da anarquia (vol. 1)*, Max Nettlau

51. *Imitação de Cristo*, Tomás de Kempis
52. *O casamento do Céu e do Inferno*, Blake
53. *Cartas a favor da escravidão*, Alencar
54. *Utopia Brasil*, Darcy Ribeiro
55. *Flossie, a Vênus de quinze anos*, [Swinburne]
56. *Teleny, ou o reverso da medalha*, [Wilde et al.]
57. *A filosofia na era trágica dos gregos*, Nietzsche
58. *No coração das trevas*, Conrad
59. *Viagem sentimental*, Sterne
60. *Arcana Cœlestia* e *Apocalipsis revelata*, Swedenborg
61. *Saga dos Volsungos*, Anônimo do séc. XIII
62. *Um anarquista e outros contos*, Conrad
63. *A monadologia e outros textos*, Leibniz
64. *Cultura estética e liberdade*, Schiller
65. *A pele do lobo e outras peças*, Artur Azevedo
66. *Poesia basca: das origens à Guerra Civil*
67. *Poesia catalã: das origens à Guerra Civil*
68. *Poesia espanhola: das origens à Guerra Civil*
69. *Poesia galega: das origens à Guerra Civil*
70. *O chamado de Cthulhu e outros contos*, H.P. Lovecraft
71. *O pequeno Zacarias, chamado Cinábrio*, E.T.A. Hoffmann
72. *Tratados da terra e gente do Brasil*, Fernão Cardim
73. *Entre camponeses*, Malatesta
74. *O Rabi de Bacherach*, Heine
75. *Bom Crioulo*, Adolfo Caminha
76. *Um gato indiscreto e outros contos*, Saki
77. *Viagem em volta do meu quarto*, Xavier de Maistre
78. *Hawthorne e seus musgos*, Melville
79. *A metamorfose*, Kafka
80. *Ode ao Vento Oeste e outros poemas*, Shelley
81. *Oração aos moços*, Rui Barbosa
82. *Feitiço de amor e outros contos*, Ludwig Tieck
83. *O corno de si próprio e outros contos*, Sade
84. *Investigação sobre o entendimento humano*, Hume
85. *Sobre os sonhos e outros diálogos*, Borges — Osvaldo Ferrari
86. *Sobre a filosofia e outros diálogos*, Borges — Osvaldo Ferrari
87. *Sobre a amizade e outros diálogos*, Borges — Osvaldo Ferrari
88. *A voz dos botequins e outros poemas*, Verlaine
89. *Gente de Hemsö*, Strindberg
90. *Senhorita Júlia e outras peças*, Strindberg
91. *Correspondência*, Goethe — Schiller
92. *Índice das coisas mais notáveis*, Vieira
93. *Tratado descritivo do Brasil em 1587*, Gabriel Soares de Sousa
94. *Poemas da cabana montanhesa*, Saigyō
95. *Autobiografia de uma pulga*, [Stanislas de Rhodes]
96. *A volta do parafuso*, Henry James
97. *Ode sobre a melancolia e outros poemas*, Keats
98. *Teatro de êxtase*, Pessoa
99. *Carmilla — A vampira de Karnstein*, Sheridan Le Fanu
100. *Pensamento político de Maquiavel*, Fichte
101. *Inferno*, Strindberg
102. *Contos clássicos de vampiro*, Byron, Stoker e outros

103. *O primeiro Hamlet*, Shakespeare
104. *Noites egípcias e outros contos*, Púchkin
105. *A carteira de meu tio*, Macedo
106. *O desertor*, Silva Alvarenga
107. *Jerusalém*, Blake
108. *As bacantes*, Eurípides
109. *Emília Galotti*, Lessing
110. *Contos húngaros*, Kosztolányi, Karinthy, Csáth e Krúdy
111. *A sombra de Innsmouth*, H.P. Lovecraft
112. *Viagem aos Estados Unidos*, Tocqueville
113. *Émile e Sophie ou os solitários*, Rousseau
114. *Manifesto comunista*, Marx e Engels
115. *A fábrica de robôs*, Karel Tchápek
116. *Sobre a filosofia e seu método — Parerga e paralipomena (v. II, t. I)*, Schopenhauer
117. *O novo Epicuro: as delícias do sexo*, Edward Sellon
118. *Revolução e liberdade: cartas de 1845 a 1875*, Bakunin
119. *Sobre a liberdade*, Mill
120. *A velha Izerguil e outros contos*, Górki
121. *Pequeno-burgueses*, Górki
122. *Um sussurro nas trevas*, H.P. Lovecraft
123. *Primeiro livro dos Amores*, Ovídio
124. *Educação e sociologia*, Durkheim
125. *Elixir do pajé — poemas de humor, sátira e escatologia*, Bernardo Guimarães
126. *A nostálgica e outros contos*, Papadiamántis
127. *Lisístrata*, Aristófanes
128. *A cruzada das crianças/ Vidas imaginárias*, Marcel Schwob
129. *O livro de Monelle*, Marcel Schwob
130. *A última folha e outros contos*, O. Henry
131. *Romanceiro cigano*, Lorca
132. *Sobre o riso e a loucura*, [Hipócrates]
133. *Hino a Afrodite e outros poemas*, Safo de Lesbos
134. *Anarquia pela educação*, Élisée Reclus
135. *Ernestine ou o nascimento do amor*, Stendhal
136. *A cor que caiu do espaço*, H.P. Lovecraft
137. *Odisseia*, Homero
138. *O estranho caso do Dr. Jekyll e Mr. Hyde*, Stevenson

Edição _ Iuri Pereira
Coedição _ Bruno Costa e Jorge Sallum
Capa e projeto gráfico _ Júlio Dui e Renan Costa Lima
Imagem de capa _ Poster para adaptação teatral, c. 1880.
Programação em LaTeX _ Bruno Oliveira
Revisão _ Bruno Costa e Iuri Pereira
Assistência editorial _ Bruno Oliveira
Colofão _ Adverte-se aos curiosos que se imprimiu esta obra em nossas oficinas em 10 de outubro de 2011, em papel norbrite 66 g/m², composta em tipologia Minion Pro, em GNU/Linux (Gentoo, Sabayon e Ubuntu), com os softwares livres LaTeX, DeTeX, VIM, Evince, Pdftk, Aspell, SVN e TRAC.